EXETER TEXTES LITTÉRAIRES
Collection *Textes Littéraires* fondée par Keith Cameron.
La nouvelle collection *Exeter Textes Littéraires* dirigée
par David Cowling, maître de conférences dans le
Département de français, Université d'Exeter.

2

CANDIDE, OU L'OPTIMISME
SECONDE PARTIE

Diplômé de l'Université de la Sorbonne-Nouvelle, ancien élève de
la London School of Economics, Édouard Langille est professeur
titulaire de littérature française et directeur du Département de
langues vivantes à St. Francis Xavier University au Canada. Bien que
médiéviste de formation, Édouard Langille s'est intéressé récemment
au siècle des Lumières, et surtout au *Candide* de Voltaire.

Frontispice: gravure sur bois de Howard Simon, 'Candide',
Ives Washburn, New York, 1929

CANDIDE

OU L'OPTIMISME

traduit de l'Allemand de
M. Le Docteur Ralph

seconde partie

M.DCC.LX

Édition préparée par
Édouard Langille

Notes, commentaires et dossier critique par
Édouard Langille & Gillian Pink

UNIVERSITY
of
EXETER
PRESS

First published in 2003 by
University of Exeter Press
Reed Hall, Streatham Drive
Exeter EX4 4QR
UK
www.ex.ac.uk/uep/

British Library Cataloguing in Publication Data
A catalogue record for this book is available
from the British Library.

ISBN 0 85989 723 0
ISSN 1475-5742

Typeset in 10/12 pt Plantin Light
by XL Publishing Services, Tiverton

Printed in Great Britain by Antony Rowe Ltd, Chippenham

Table des Matières

Liste des abréviations

D: La correspondance de Voltaire: *Correspondence and related documents*, éd. Besterman (1968–1977) dans *Les Œuvres complètes de Voltaire*, Toronto, Oxford, 1968–.

BV: *Bibliothèque de Voltaire: catalogue des livres*, Moscou/Leningrad, 1961.

éditions des Œuvres complètes de Voltaire:

K: Kehl, 1784–1789.
B: Beuchot, Paris, 1834, 72 t.
M: Moland, Paris, 1877–85, 52 t.

éditions consultées des ouvrages de Du Laurens:

BL: *Le Balai, poème héroï-comique en 18 chants*, Constantinople (Amsterdam), 1761.

CA: *Histoire de la Chandelle d'Arras*, Bruxelles, Kistemaeckers, 1880–81.

CM: *Le Compère Mathieu, ou les bigarrures de l'esprit humain*, Paris, André, 2 tomes, 1801.

IM: *Imirce, ou la Fille de la Nature*, présenté et annoté par Annie Riviara. Publications de l'Université de Saint-Étienne, 1993.

J: *Les Jésuitiques*, 2ᵉ édition, augmentée des *Honneurs* et de *L'Oraison funèbre du K.P.G Malagrida, prononcée dans la sainte chapelle par le R.P. Thunder den Tronck; jésuite*, Rome (Amsterdam), 1762.

PP: *Le Portefeuille d'un philosophe, ou mélange de pièces philosophiques, politiques, critiques, satyriques et galantes*, Cologne, 1770.

autres:

JdeT: *Journal de Trévoux*
LR/RL: *Literary Research/Rercherche Littéraire*
SVEC: *Studies on Voltaire and the Eighteenth Century*
TLTL: *Teaching Language Through Literature*

Introduction

Candide, seconde partie, 1760

Pastiche mais en même temps premier d'une série de prolongements
du plus célèbre conte de Voltaire, la brochure intitulée *Candide, ou
l'optimisme, traduit de l'allemand de M^R le docteur Ralph, seconde partie*
fut publiée en 1760.[1] L'académicien Janin soutenait que cette première
édition parut à Genève « à la porte de Voltaire », mais en fait, elle n'af-
fiche ni nom de ville ni nom d'imprimeur.[2] Il en est de même pour le
texte de *Candide* auquel la seconde partie est jointe, ainsi que pour la
réimpression de ces deux textes de 1761.

À défaut de preuves, on ne saurait affirmer dans quelle ville *Candide
II* fut imprimé. On sait cependant que, depuis sa parution, cette
seconde partie a souvent été réimprimée, et présentée dans tous les
cas comme faisant suite au *Candide* de Voltaire. De 1761 à 1778
Bengesco compte 9 éditions successives de *Candide II.*[3] Ajoutons à ce

---

1 T. Besterman, « Some eighteenth-century Voltaire editions unknown to Bengesco »,
 SVEC, 109 (1959), pp. 151–152. « The so-called second part of *Candide* is not by
 Voltaire, but it forms part nevertheless of Voltairean bibliography. Hitherto the
 earliest edition is that of 1761 (B.2354). There is one of 1760, intended to accom-
 pany the *Candide* in 190 pages mentioned above ([246] Th.B.3934):
 [249]
 (Th.B.3935)
 CANDIDE,/ OU / L'OPTIMISME./ TRADUIT DE L'ALLEMAND. DE /
 M^R. LE DOCTEUR RALPH. / SECONDE PARTIE. / [*vignette*] / [double rule]
 / M.DCC.LX. / pp. 109. [i blank]; sig. A-G⁸ (G⁸ blank) cm. 14·3.
 L'édition de la première partie de *Candide* dont il est question ici est le
 Th.B.3934 de 1759:
 [246]
 (Th.B.3934)
 CANDIDE, / OU / L'OPTIMISME. / TRADUIT DE L'ALLEMAND./ DE /
 M^R. LE DOCTEUR RALPH. / [*typographic ornament*] / [*double rule*] / M DCC
 LIX. /
 p. 190; sig. A-M⁸ (M⁸ blank); cm.14·3. »
2 J. Janin, *Le dernier volume des œuvres de Voltaire,* Paris, 1862, p. 114.
3 G. Bengesco, *Voltaire: Bibliographie de ses œuvres,* Paris, Rouveyre et Blond, 1882,
 t. I, pp. 449–453.

chiffre les 2 répertoriées par Besterman, et celle du volume XVIII.ii des *Œuvres complètes de Voltaire* (Amsterdam, 1764 pp. 611–670) signalée par Morize.[4] Thacker rappelle que *Candide II* fut traduit en anglais (1761), en italien (1761) et en allemand (1778) et que ces traductions, s'inscrivant dans les traditions littéraires des pays concernés, furent copiées et reprises pendant toute la fin du dix-huitième siècle et même bien après.[5] Dans certains cas, elles furent présentées sans nuances, et même récemment, comme étant l'œuvre de Voltaire.[6]

Depuis 1778 *Candide II* a certes connu d'autres éditions françaises. Janin en présenta une version en 1862 (qualifiée par J. Rustin de « mutilée » et d' « édulcorée ») qu'il donna comme un « document fort curieux » dans un livre intitulé *Le dernier volume des œuvres de Voltaire*.[7] Il s'agit en fait du même texte que Moland avait admis dans le tome xxxii de son édition des *Œuvres complètes de Voltaire* (1877–1885); texte qui disparut du second tirage des dernières feuilles de ce tome. Enfin, d'après nos recherches, la plus récente édition française de *Candide II* parut chez Delarue en 1877.

a) attribution ~ Campigneulles

On ne sait rien de la diffusion de l'édition de 1760 mais elle devait être fort restreinte: les premiers documents qui en signalent la parution ne datant que du printemps et de l'été de 1761, date qui correspond, on le sait, à la deuxième impression signalée par Bengesco. Il est cependant évident que la suite du fameux conte de Voltaire devait donner lieu à bien des conjectures. Grimm, porte-parole supposé de Voltaire, n'hésita pas le premier à l'attribuer à Charles-Claude-Florent de Thorel de Campigneulles (1737–1809), littérateur obscur et plat moraliste.

L'erreur est pourtant manifeste, car en dépit des démêlées de Campigneulles avec Fréron (présent dans *Candide II* sous le nom de

---

4   A. Morize (éd.), *Candide*, Paris, 1913, p. lxx.
5   C. Thacker, « Son of Candide », *SVEC*, 58 (1967), p. 1518.
6   B. H. Evans, « A Provisional Bibliography of English Editions and Translations of Voltaire », *SVEC*, 8 (1959), pp. 51–53; E. Langille, G. P. Brooks, « How English Translators Have Dealt with *Candide*'s Homosexual Allusions », *LR/RL*, 18, 36 (2001), pp. 385–387.
7   J. Rustin, « Les 'suites' de *Candide* au XVIIIᵉ siècle », *SVEC*, 90 (1972), p. 1406.

maître Aliboron), Campigneulles se piquait d'être, non un suppôt de l'esprit philosophique, mais plutôt un romancier de la vertu! Et c'était du reste « pour [se] concilier avec des gens vertueux qu'[il] honor[ait] » qu'il opposa un démenti formel à la rumeur lui attribuant ce « livre nouveau », livre dont, de toute façon, il « désapprouv[ait] la licence ».[8] Pour qui connaît le susceptible Campigneulles une telle attitude n'a rien de surprenant. Et c'est ainsi que dans ses *Nouveaux Essais* il prend des soins infinis à expliquer sa vocation de littérateur pieux:

> Dans ce siècle, écrit-il, où, à ce qu'on assure, les armes de l'irréligion sont souvent cachées sous le manteau de la philosophie, il est du devoir d'un écrivain de faire des efforts pour échapper aux soupçons des gens qui, par un zèle respectable jusques dans ses excès, vont sans cesse à la découverte de l'incrédulité.[9]

De tels avant-propos font croire que Grimm s'était fait un malin plaisir à attribuer un ouvrage « aux frontières du vice et de la philosophie » à un ennuyeux prêcheur de vertu. C'est donc par un trait ironique (digne du meilleur Voltaire) que cette attribution finit par s'imposer tant dans les esprits que dans toutes les bibliographies.[10] Et ce, malgré les efforts redoublés de Campigneulles qui, dans la lettre citée plus haut, n'hésita pas à renvoyer la balle au tandem Grimm-Voltaire en laissant entendre que *Candide II* était écrit de telle sorte qu'il ne pouvait être que « d'un homme très célèbre en Europe ».

Il est du reste permis de croire que cet « homme très célèbre » répliqua le mois suivant sous le couvert de l'anonymat dans le *Journal Encyclopédique*: « il [Campigneulles] dit dans son désaveu que "quelques gens de lettres l'ont trouvée [la brochure] assez bien écrite pour parier qu'elle était d'un homme très illustre (*sic*) en Europe": ces prétendus gens de lettres sont des imprudents à qui nous conseillons de retirer promptement leur enjeu ».[11] Quant au style inimitable du « très illustre », le même auteur opine « qu'on n'a pas lu quatre lignes, qu'on voit très clairement que cette suite n'est pas de la même plume que la première partie ».

---

8 *Mercure* (juillet 1761), i, p. 99.

9 C.-C.-F. de Thorel de Campigneulles, *Nouveaux Essais*, Genève, 1765, p.vj.

10 J.Vercruysse, « Les enfants de Candide » dans *Essays on the Age of Enlightenment in Honor of Ira O. Wade*, éd. Jean Macary, Genève, Droz, 1977, p. 370.

11 *Journal Encyclopédique* (août 1761).

Nous y reviendrons; mais disons que c'est aussi dans ce sens qu'abondent les seules lettres connues de Voltaire où il est question de *Candide II*.[12] Janin cite (sans en donner la date) celle adressée au comte d'Argental:

> On parle du tome II de *Candide*. Ne m'accusez pas de ces folies. Il faut bien que ceux qui n'ont rien à dire prennent la plume. Il faut bien que ceux qui n'ont rien à faire fassent des livres. Il y a même des paresseux qui les lisent. Pour moi j'aime mieux vous écrire. N'était-ce donc pas assez d'un volume pour prouver que *tout est bien?* Ce qui n'est pas bien, c'est de m'attribuer ces sottises. Ce qui est mal, c'est de m'attribuer les *Si* et les *Pourquoi*. Ce qui est plus mal, c'est le *Mémoire présenté au roi* etc. etc.[13]

Enfin, une autre lettre, perdue, devait dire à peu près la même chose. On en devine toutefois le contenu par la réponse qu'y fit Francheville le 5 février 1762: « j'ai cru que la seconde partie de *Candide* fût de vous, où en suis-je? ne me voilà-t-il pas déchu de mon petit mérite? ».[14]

b) attribution ~ Voltaire

Sans porter atteinte aux propos tenus plus haut, on peut mettre en doute le désaveu d'un Voltaire faussement ingénu, d'un Voltaire qui, de longue date, avait acquis l'habitude de prendre tous les masques pour cacher son jeu. On sait, par exemple, que *Candide* n'avait pas plus tôt paru que Voltaire écrivait à Jacob Vernes: « J'ai lu enfin *Candide*. Il faut avoir perdu le sens pour m'attribuer cette *coïonnerie* ».[15] Forçant la note, il écrivit le même jour à Thibouville qu'il était « fâché qu'on le [lui] attribu[ait] ».[16] Attendu que le désaveu de Voltaire ne signifiait rien (ou si peu), on ne s'étonne pas que Janin crût y lire plutôt un aveu: « Cependant on ne parlait plus de *Candide*. Ce fut alors que

---

12 Voir D10247~?1761/1762: « Vous n'avez pas lu le tome II d'un mauvais livre? Si cela va chez vous, ne lui ouvrez pas, car s'il est bon que *Memnon* soit partout, il est bon que le *Candide* ne soit nulle part. »
13 J. Janin, *op. cit.*, p. 114; cette lettre n'est pas répertoriée par Besterman. Vercruysse ne la cite pas non plus, J. Vercruysse, *op. cit.*, p. 370.
14 D10309~5 février 1762.
15 D8187~c. 15 mars 1759.
16 D8185~15 mars 1759.

parurent à Genève, toujours à Genève [. . .] différentes copies de cette
seconde partie [. . .] Le tome second de *Candide* est-il de l'auteur du
tome premier? Était-ce un moyen de raviver le succès? » Et Janin
d'ajouter que *Candide* première et seconde parties sont « du même ton
et du même temps ».[17]

La thèse n'est pas sans intérêt, d'autant plus que, dès les premières
pages, *Candide II* hisse le pavillon de la lutte des philosophes — et par
conséquent celle de Voltaire — contre le parti dévot, en faveur depuis
que l'attentat de Damiens contre le roi en 1757 avait mobilisé l'ani-
mosité des bien-pensants contre les libertins et les livres dits
« dangereux ».

Pour être plus précis, l'*incipit* et le chapitre premier de *Candide II*
font allusion aux attaques des « antiphilosophes » contre l'*Encyclopédie*
et les Encyclopédistes. Or depuis la parution en octobre 1757 d'un
libelle intitulé *Avis utile ou Premier Mémoire sur les Cacouacs* de Vaux
de Giry le parti philosophe était déjà sur la défensive. Deux mois plus
tard parut le *Nouveau Mémoire pour servir à l'histoire des Cacouacs* de
Moreau. Enfin, les *Petites Lettres sur de grands philosophes* de Palissot
datent de 1758. Écœuré par tant de polémiques, d'Alembert aban-
donne la direction de l'*Encyclopédie*. Le 20 janvier 1758 il adresse à
Voltaire ce cri du cœur devenu depuis le véritable cri de guerre des
libres penseurs:

> À l'égard de l'*Encyclopédie*, quand vous me pressez de la
> reprendre, vous ignorez la position où nous sommes, et le
> déchaînement de l'autorité contre nous. Des brochures et des
> libelles ne sont rien en eux-mêmes; mais des libelles protégés,
> autorisés, commandés même par ceux qui ont l'autorité en main,
> sont quelque chose, surtout quand ces libelles vomissent contre
> nous les personnalités les plus odieuses et les plus infâmes.[18]

Il y eut cependant bien pis. Un an plus tard, le 23 janvier 1759 — à
quelques jours de la parution de *Candide* — le Parlement de Paris
dénonce comme subversifs huit ouvrages, en tête desquels figurent *De
l'esprit* d'Helvétius et l'*Encyclopédie*. Le Conseil du roi n'eut donc
d'autre choix que de révoquer le privilège accordé à l'*Encyclopédie*
depuis 1746. Sur ces entrefaites le « très pieux » Abraham Chaumeix

---

17 J. Janin, *op. cit.*, p. 2, p. 114.
18 D7595~20 janvier 1758

publia ses *Préjugés légitimes contre l'Encyclopédie*. Voltaire en fut outré. Tant et si bien que le 19 janvier il écrit à son « cher philosophe persécuté » (Helvétius) :

> Ce sont en partie ces tracasseries de M[rs] les gens de lettres et encore plus les persécutions, les calomnies, les interprétations odieuses des choses les plus raisonnables, la petite envie, les orages continuels attachés à la littérature qui m'ont fait quitter la France.[19]

Rien de surprenant alors de voir nommer Fréron et Trublet parmi ses ennemis « folliculaires » dans les remaniements apportés au chapitre 22 de *Candide* (1761), dits « additions qu'on a trouvées dans la poche du Docteur, lorsqu'il mourut à Minden, l'an de grâce 1759 ».[20] Rien de surprenant non plus de voir défiler dans *Candide II* toutes les bêtes noires de Voltaire et des Encyclopédistes. Fréron, Chaumeix, Trublet et Le Franc de Pompignan y figurent tous. Aussi le père Hubert Hayer, raillé avec Chaumeix dans le *Dictionnaire Philosophique* à l'article « Philosophe ». À Fréron d'ailleurs revient l'honneur de trois apparitions dans *Candide II*, la première dans l'*incipit*, la deuxième dans le chapitre premier, et la troisième au chapitre 8 où il est présenté sous le nom de « Valsp », allusion au personnage de « Frelon » de la comédie de Voltaire intitulée « Le Caffé ou L'Écossaise », jouée en mai 1760.

Pour qui connaît donc les « fréronades » à la Voltaire, il est facile de se laisser persuader que le maître de Ferney était aussi l'auteur de *Candide II*. Et sans doute Janin y songeait-il quand il affirmait que la suite de *Candide* était « du même ton et du même temps » que l'original. Mais quand bien même l'on serait tenté de retrouver dans *Candide II* la trace de conflits auxquels le Voltaire de 1760 était intimement mêlé, qui a pratiqué Voltaire reconnaîtra de prime abord que *Candide II* n'est pas de sa plume. Car outre des maladresses de langue et de style, on y décèle au moins deux cas précis où les connaissances littéraires de l'auteur de *Candide II* révèlent des insuffisances qu'on ne voit jamais chez Voltaire.

Au chapitre 2, l'allusion à l'amour du « bel Alexis » renvoie, non pas comme il est dit aux *Géorgiques* de Virgile, mais en réalité aux sentiments de Corydon exprimés dans la deuxième *Églogue* du même

---

19 D8055~19 janvier 1759.
20 R. Pomeau (éd.), *Candide, ou l'optimisme*, Nizet, 1966, p. 78.

poète. De même, au chapitre 6, l'erreur grossière situant Télémaque
à la place d'Ulysse, entouré des nymphes de la cour de Calypso ne
correspond nullement au chant V de l'*Odyssée*. L'allusion reprend
plutôt, sur un ton des plus irrévérencieux, le livre premier du
Télémaque de l'austère Fénelon, livre qui inspirait du reste à Voltaire
la plus sincère admiration.

Donc en dépit de certaines ressemblances superficielles, tel l'enchaînement rocambolesque du récit, on constate d'emblée qu'il
manque à cette suite des aventures de Candide l'ironie allusive et la
« merveilleuse complexité stylistique » qui font que, dans *Candide*, les
moindres anecdotes sont riches en potentialités comiques.[21] Il en
résulte que, même si *Candide II* prolonge en quelque sorte les aventures des protagonistes du conte de Voltaire, ce prolongement ne fait
que reproduire les ressorts narratifs bien rodés de la première partie,
sans rien y ajouter.[22] « L'histoire de Zirza » au chapitre 7 de la suite
est, par conséquent, le pendant naturel de « l'histoire de Cunégonde »
ou de « l'histoire de la vieille » au chapitre 12 de *Candide*. Il est vrai
que ce bref récit ne manque pas de piquant: « il [le père de Zirza] m'enfonçait des milliers d'épingles dans toutes les parties du corps [. . .] il
me mettait les fesses en sang. . . ». Mais on a vite fait de comprendre
que ce texte, dénué d'ironie, ne peut être de lui, et que l'humour
obscène tant soit peu ennuyeux ne doit rien ici au pétillant Voltaire:

> [. . .] je m'enfuis de la maison paternelle et n'osant me fier à
> personne, je m'enfonçai dans les bois. [. . .] J'y serais morte de
> faim sans un tigre à qui j'eus le bonheur de plaire, et qui voulut

---

21 J. Sareil, « Sur la généalogie de la vérole », *TLT*, 26: 1 (1986), p. 5.

22 D'après le *Dictionnaire universel du XIXe siècle*: « Cette seconde partie, ajoutée par
une main anonyme à ce modèle de grâces légères et sans apprêt qu'on appelle
Candide, a été attribuée [. . .] à un M. de Campigneulles, dont le nom n'a pas survécu
[. . .]. Comme dans le premier *Candide*, on y maltraite quelque peu Leibnitz; on y
raille Descartes et Newton; on y reproche à Pascal de nous faire haïr nos semblables,
ou plutôt on y combat l'esprit de système, le grand ennemi de Voltaire; les gazetiers
de Trévoux n'y sont pas oubliés. Quelques traits piquants font passer des tableaux
obscènes, des aventures scabreuses; mais la vivacité, le mordant, et cette gaieté infer-
nale du premier *Candide*, qui semble écrit, au dire de Mme de Staël, par un être
d'une autre nature que nous, indifférent à notre sort, et riant des misères de l'espèce
humaine; ce bon sens que rien ne peut égaler, cette sûreté de main qu'on ne saurait
imiter, tout cela fait défaut dans *Candide* continué, qui n'est pas sans intérêt, mais
qui ne souffre point de comparaison avec le modèle » (t. III, p. 259).

bien partager sa chasse avec moi. Mais j'eus bien des horreurs à essuyer de cette formidable bête et peu s'en fallut que le brutal ne m'enlevât la fleur que monseigneur m'a ravie avec tant de peine et de plaisir.

Les mêmes remarques valent pour le récit des aventures de Candide chez les Persans, récit qui reprend le thème de l'homosexualité affleurant dans l'histoire de Candide chez les Bulgares. Mais là où, pour construire une satire passablement dense, Voltaire exploite toutes les virtualités comiques du langage,[23] *Candide II* présente comme une simple anecdote le Persan pédéraste et les propositions malhonnêtes qu'il fit à Candide. Même manque de verve comique au chapitre 20 de *Candide II* où, depuis son cachot, notre héros se lamente de toutes ses infortunes accumulées, dont l'infidélité des femmes:

> Que vais-je devenir, mon cher Cacambo? Je n'en sais rien, répondit Cacambo. Tout ce que je sais, c'est que je ne vous abandonnerai pas. Et mademoiselle Cunégonde m'a abandonné, dit Candide. Hélas! Une femme ne vaut pas un ami métis.

Or Voltaire n'aurait pas manqué de pimenter ces passages de sous-entendus mi-amusants, mi-obscènes, comme il le fait du reste au chapitre 26 de *Candide* lors des retrouvailles de son protagoniste et Cacambo à Venise. Lu d'une certaine façon, il est indéniable qu'un frisson érotique affleure dans tout le passage. Érotisme suggéré par l'amitié « particulière » de nos deux personnages, mais que traduit, en réalité, le style indéfinissable de tout le conte. Dans cette scène Cacambo « aborde [Candide] de derrière » et « le [prend] par le bras ». Candide, pour sa part, éprouve des émotions telles qu'il est « partagé entre la joie et la douleur ». Il est, enfin, « charmé » de revoir « son agent fidèle » qu'il « embrasse ». Et Voltaire d'ajouter qu'« il n'y avait que la vue de Cunégonde qui pût l'étonner et lui plaire davantage » (*Candide*, 1980, p.238). Jouant donc sur l'ambiguïté même du langage, *Candide* investit les mots les plus usuels de double sens possibles. Double sens qui, pour les initiés, chargent les expressions les plus innocentes d'allusions poivrées.

---

23 E. M. Langille, « Allusions to homosexuality in Voltaire's *Candide*: a reassessment », *SVEC*, 2000: 05, pp. 53–63; voir aussi *Candide*, translated, edited, and with an introduction by Daniel Gordon, Bedford/St. Martin's, 1999, pp. 24–30.

C'est ainsi qu'au sens propre le terme d'« agent fidèle », qui sert à désigner Cacambo, signifie que Cacambo est « chargé des affaires » de son maître. Rien de plus. Les amateurs de la littérature libertine savent toutefois y reconnaître une allusion subtile à l'amour « philosophique ». Lecture au demeurant autorisée par l'emploi ici du mot « agent » pour désigner le fidèle Cacambo. Or dans le registre satirique du XVIIIᵉ siècle, « l'agent » désignait « celui qui agit » dans l'acte pédérastique par opposition au « patient » qui, lui, « subit » cette même action.[24] Et ce n'est donc pas un pur hasard qu'au tout début du roman, Voltaire désigne Candide lui-même sous le nom de « patient ». En effet, lors de sa rencontre avec les Bulgares on lit :

Le roi des Bulgares passe dans ce moment, s'informe du crime du patient; et comme ce roi avait un grand génie, il comprit par tout ce qu'il apprit de Candide que c'était un jeune métaphysicien, fort ignorant des choses de ce monde [. . .] (*Candide*, 1980, p.124).

Dans *Candide II* l'expression « agent et patient » est employée au chapitre 2 (suite à sa rencontre avec le Persan) mais sans ironie aucune : « Il parut très satisfait de la manière dont Candide parla du mal physique et du mal moral, de *l'agent et du patient.* »

À l'étude de tels passages, le lecteur habitué aux innombrables richesses du texte de Voltaire restera sur sa soif. Il en résulte que la lecture attentive de nos deux textes mène infailliblement à la conclusion que *Candide* est inimitable et que *Candide II*, pour être amusant, et parfois subversif, n'est pas de Voltaire. Mais de qui est-il? Henriot et Rustin n'hésitent pas à suggérer un auteur mineur spécialisé dans les imitations de Voltaire, un moine connu de la postérité sous le nom de Du Laurens.

c) Du Laurens

Henri-Joseph Laurent naquit à Douai en 1719. Comme son frère, médecin de la Marine royale et maire de Rochefort, « Laurent » changea son patronyme, mais on ignore à quelle date. On sait toute-

---

24 N. Blondeau, *Dictionnaire érotique latin-français*, Paris, Isidore Lisieux, 1885, p. xxx; A. Delvau, *Dictionnaire érotique moderne*, Paris, 1887 (réimprimé 1960); J. S. Farmer, *Vocabulata Amoratoria French-English*, 1896 (réimprimé New York, University Books, 1966).

fois que le jeune « Laurent » annonça de rares dispositions et, qu'âgé d'à peine dix-huit ans, en 1737, il fit profession solennelle chez les chanoines réguliers de la Trinité. Six ans plus tard il devint diacre, mais son esprit caustique lui attira bientôt l'hostilité de ses supérieurs. S'attaquant publiquement et de façon réitérée au jésuite Duplessis, Du Laurens finit par se faire haïr de la congrégation. Pour le faire plier à ses volontés, celle-ci lui infligea des punitions d'une rare cruauté, cruauté dont l'œuvre de Du Laurens conserve le souvenir. Dans sa *Galerie douasienne* (1844) H. Duthilloeul explique que tout d'abord on soumit le prêtre rebelle à des punitions communes. Mais ces punitions ne pouvant suffire à maîtriser l'âcreté de son esprit et la fougue de son caractère, on inventa pour lui une punition particulière:

> Dans une chambre vaste, au premier du couvent, les Trinitaires firent établir une cage en bois, séparée des quatre murs par un espace égal, suspendue au plafond, et n'atteignant pas le sol; on la garnit d'une couchette et on y enferma Laurens, sans lui laisser les moyens d'écrire. Il vécut plusieurs mois dans cette singulière prison.

Il est donc facile de comprendre pourquoi Du Laurens demanda à changer d'ordre. Quand on lui refusa cette permission, il décida de s'enfuir.

On ignore absolument dans quelles conditions il le fit mais l'on sait qu'en 1760, année où parut *Candide II*, Du Laurens se rendit à Paris, et que c'est à Paris, s'étant mis aux gages des libraires, se liant en même temps avec un jeune littérateur nommé Ferdinand de Groubentall de Linière (1739–1815), qu'il fit ses débuts dans le royaume des lettres. De leur collaboration, il résultera un ouvrage satirique intitulé les *Jésuitiques* (1761), court poème calqué sur les *Philippiques* (1719) de La Grange Chancel. Suite à la diffusion clandestine de cette satire et craignant la justice (« A-t-on lâché une lettre de cachet contre moi? »[25]) Du Laurens reprit la fuite, se rendant cette fois en Hollande à pied. Quant à Groubentall qui resta à Paris, il fut embastillé pour un mois.

Or une fois arrivé à Amsterdam, l'ex-abbé n'avait d'autres ressources que celles que lui proposa le libraire Marc Michel Rey. Celui-ci faisait vivre autour de lui un essaim de défroqués, les exhor-

---

25 Lettre de Du Laurens à Groubentall (Amsterdam, 24 avril 1762) publiée par les Goncourt dans *Portraits intimes du XVIIIe siècle*, Paris, 1857, p. 145.

tant à écrire contre l'Église.[26] Du Laurens ne le déçut pas. Sitôt installé, il publia une édition augmentée des *Jésuitiques* ainsi que *le Balai* (1761), poème héroï-comique en XVIII chants inspiré de La *Pucelle* de Voltaire. En 1763 il publia *L'Arétin* et commença *La Chandelle d'Arras*, achevé en 1765. La même année sortit *Imirce ou la Fille de la nature*, et, un an plus tard, *Le Compère Mathieu, ou les Bigarrures de l'esprit humain*. Enfin il publia en 1767 *Je suis Pucelle, histoire véritable*.

Du Laurens soutint ce rythme de travail endiablé jusqu'au 30 août 1767, date à laquelle la congrégation le fit interner, par arrêt de la cour ecclésiastique de Mayence, dans la prison de Marienbaum. Depuis son cachot, Du Laurens continua à publier des ouvrages satiriques et obscènes, mais on ne sait pas par quels moyens il y parvint. En 1770 parut *Le Portefeuille d'un philosophe, ou Mélange de pièces philosophiques, politiques, critiques, satyriques et galantes* et enfin, en 1780, *l'Observateur des spectacles*. Toujours incarcéré, Du Laurens mourut en 1797.

Voilà ce que l'histoire lègue de la vie de Du Laurens.[27] Mais que fut l'écrivain? Cela peut paraître fortuit, mais peut-être est-ce Du Laurens lui-même qui donne, dans le *Compère Mathieu*, le meilleur jugement sur l'ensemble de son œuvre, jugement facilement applicable à *Candide II*:

> Tu me reprocheras peut-être qu'il n'y a ni plan ni méthode dans cet ouvrage; que ce n'est qu'une rapsodie d'aventures sans rapports, sans liaisons, sans suites; que mon style est tantôt trop verbeux, tantôt trop laconique, tantôt égal, tantôt raboteux, tantôt noble et élevé, tantôt plat et trivial.— Quant aux deux premiers articles, je te répondrai que je n'ai pu décrire les événements dont il est question que dans leur ordre naturel, ni avec d'autres circonstances que celles qui les ont accompagnés. Quant à mon style, je l'abandonne à tout ce que tu pourras en penser. J'ai toujours été un ignorant, et je le serai vraisemblablement toute ma vie (*CM.*, t. 1 pp. 5–6).

Voltaire était sans doute du même avis. Dans la marge de son exemplaire du *Compère Mathieu* il écrivit: « ce livre est d'un nommé Laurent, moine défroqué. C'est en plusieurs endroits et même pour le fond une

---

26 J. Vercruysse, « Voltaire et Marc Michel Rey », *SVEC*, 54 (1967), pp. 1707–1763.
27 Voir H. R. J. Duthilloeul, *Galerie douasienne*, Douai, 1844; J. C. F. Hoeffer, *Nouvelle biographie universelle*, Paris, Firmin Didot, 46 tomes, 1852.

imitation de *Candide* ».[28] Par ailleurs, « en plusieurs endroits » la correspondance de Voltaire révèle en quelle estime l'auteur de *Candide* tenait les talents littéraires du défroqué « Laurent ». À Damilaville, Voltaire écrit cette foucade: « Il pleut de tous côtés des ouvrages indécents, comme *la chandelle d'Arras, le compère Mathieu, l'espion chinois* et tant d'autres avortons qui périssent au bout de 15 jours, et qui ne méritent pas qu'on fasse attention à leur existence passagère ».[29]

Existence passagère certes, mais qui n'empêcha pas les Goncourt, nantis d'une collection de documents d'époque, de laisser de l'œuvre de Du Laurens un compte rendu passablement flatteur. C'est en soulignant la double vocation philosophique de Du Laurens, vocation tenant à la fois de « l'ironie » de Voltaire et de « l'utopisme » de Jean-Jacques, que les Goncourt entendaient redorer le blason littéraire de celui qui n'était plus qu'un illustre inconnu. Songeaient-ils *a priori* à *Candide II*? Ils ne le mentionnent pas précisément, mais il est permis de croire qu'ils considéraient déjà que cet ouvrage était de sa main.

> Prenez garde, ce Dulaurens (*sic*), qui n'est pour notre siècle, que l'auteur du *Compère Mathieu*, a été, dans son siècle, un esprit rare et redoutable. Au bout de ces imaginations ordurières, de ces portraits caricaturaux, derrière cette parade licencieuse, ce rire et cette polissonnerie, il y a une idée armée. [. . .] par un don singulier, cet homme porte en lui, confondus et mariés, les deux caractères de la philosophie de son temps: l'ironie, l'utopie. Il nie et il croit. Il voit un paradis humain par-delà la société qu'il bafoue. Il a le rire de Voltaire, il a les soupirs de Rousseau: c'est Candide contant Émile.[30]

Trois ans plus tard, le *Dictionnaire des lettres françaises du XVIIIᵉ siècle* attribue le premier *Candide II* à Du Laurens.[31] Il s'agit d'une thèse qu'Émile Henriot n'hésita pas à reprendre en 1925 dans un article paru dans *Le Temps*:

---

28 Ferney Catalogue B941, BV1138.
29 D13405~12 juillet 1766.
30 Edmond et Jules de Goncourt, *op. cit.* pp. 145–155.
31 *Dictionnaire des lettres françaises*, XVIIIᵉ siècle, Paris, 1860, i, 407.

[. . .] en lisant de très près cette seconde partie, il nous a semblé qu'elle pourrait être de la main de ce fameux Dulaurens (*sic*), auteur du *Balai*, de la *Chandelle d'Arras*, d'*Imirce, fille de la nature*, et du très amusant *Compère Mathieu*.[32]

Henriot reviendra à la charge en 1927 dans ses *Livres et portraits*,[33] ouvrant ainsi la porte à Jacques Rustin qui lui, prétend trancher la question une fois pour toutes en affirmant qu'« il serait sans doute assez facile d'appuyer ce sentiment ». Il ne le fait pas avec force exemples, mais il ne rappelle pas moins que « Dulaurens (*sic*) [fut] en quelque sorte un spécialiste de l'imitation de Voltaire », en ajoutant qu' « on trouve aussi dans *Imirce ou la fille de la nature*, comme dans le *Compère Mathieu*, bien des tics d'écriture, bien des obsessions — celle du 'souterrain' en particulier — qui caractérisent, au-delà même du pastiche, le texte de 1760 ».[34] Or, qu'en est-il au juste des « tics d'écriture » et « obsessions » de Du Laurens?

Citons d'abord sa prédilection pour des prénoms à étymologie fantaisiste. Dans *Imirce* l'auteur donne un « sens poétique » au nom de son personnage: « Emilor [. . .] veut dire *la force et la joie de mon être* » (*IM*, p. 71); Imirce « signifie *l'amante de la nature* » (*IM*, p. 77). Même procédé dans *Candide II* où, au chapitre 7, Zirza se présente de la manière suivante: « On me nomme Zirza, ce qui signifie en persan, *enfant de la providence* ».

Autre rapprochement: l'insistance chez les Lapons que leurs femmes prennent des « amants » étrangers, motif curieux, mais qui revient dans *Le Compère Mathieu*. « Quant aux gens du commun, monsieur le baron leur citait l'exemple de plusieurs peuples qui prêtent leurs femmes aux étrangers pour les régaler » (*CM.*, t. 1, p. 153). Citons aussi cette « marque de faveur » très prisée des Persans dans le chapitre 3 de *Candide II*: cinquante coups de nerf de bœuf sous la plante des pieds. La même formule revient dans le *Compère Mathieu* où « deux cents coups de bâton sur la plante des pieds » sont la récompense de services rendus à sa hautesse « le général des croyan[t]s » (*CM.*, t. 1, p. 131).

Dans le même ordre d'idées, certains thèmes fétiches sont repris d'un livre à l'autre. Du Laurens revient dans *Imirce* à la question des

---

32 Courrier Littéraire, « La seconde partie de *Candide* », *Le Temps*, 17 février 1925, p. 3.

33 É. Henriot, *Livres et portraits*, Paris, 1927, pp. 97–102.

34 J. Rustin, *op. cit.* p. 1412.

monades et à l'esprit de système dénoncés dans le chapitre premier de *Candide II*. Dans *Imirce* cependant, la noble théorie des monades n'est plus qu'un sujet de facéties précieuses, mi-érotiques, mi-grotesques.

> [. . .] regarde la belle gorge d'une jolie femme, ces charmes ne sont que des insectes infiniment petits qui composent la rotondité, la blancheur et l'éclat de ce beau sein; le tact de cette gorge est le picotement de ces petits animaux qui combattent quand nous la touchons avec les petits animaux qui composent notre main. Les insectes de la femme, plus vifs, plus pétulants, mettent tellement les nôtres en convulsion, les agitent si délicieusement, que ces animaux, répandus dans toutes les parties de notre corps, se précipitent avec violence vers les reins, s'unissent en troupe pour lever le pont-levis, passer et se joindre aux insectes de la femme; et dans le moment de ce passage, il te procure une extase voluptueuse (*IM*, p. 106).

Depuis l'extase voluptueuse de l'amour jusqu'à l'angoisse éprouvée devant la mort, Du Laurens ne laisse pas de critiquer la « sotte vanité » des hommes. Au chapitre 2 de *Candide II* l'on est témoin d'une parodie des pompes funèbres, parodie reprise dans *Imirce*:

> [. . .] le convoi arriva; quantité de gens avec des flambeaux, des prêtres avec des peaux de veaux, de [f]rérons et de moutons, l'escortaient en chantant. Je demandai pourquoi ces hommes, qui me paraissaient si gais, ne dansaient pas (*IM*, p. 100).

Nous avons fait valoir que Rustin considère l'espace symbolique du « souterrain » comme une métaphore obsédante propre à Du Laurens. On sait depuis les recherches de Charles Baudoin et plus tard celles de Gaston Bachelard, que la « grotte », le « terrier » ou le « labyrinthe » sont des figures littéraires riches de sens.[35]

---

35 Pour Baudoin, la figure de 'l'enterré-vivant' et celle de l'habitant du 'caveau' se rattachent au double thème de la naissance et de la mutilation ('berceaux de la mort': 'association primitive établie entre naissance et destruction'). C. Baudoin, *Psychanalyse de Victor Hugo*, Genève, Éditions du Mont-Blanc, 1943 (réédité chez Armand Colin en 1972 dans la collection U2).

La grotte est une demeure. Voilà l'image la plus claire. Mais du fait même de l'appel des songes terrestres, cette demeure est à la fois la première demeure et la dernière demeure. Elle devient une image de la maternité, de la mort. L'ensevelissement dans la caverne est un retour à la mère.[36]

Ce qui expliquerait que, dans *Candide II*, Zirza, orpheline de mère, dit avoir été élevée dans un souterrain dont elle ne sort que suite à un tremblement de terre, figure incontestable de l'accouchement. Quant à Imirce, elle dit d'elle-même:

Je suis née en France, je ne sais dans quelle province; je n'ai connu ni père ni mère; mon enfance a duré vingt-deux ans; jusqu'à cet âge, je n'ai vu ni le ciel, ni la terre. Un riche philosophe m'acheta dès les premiers jours de ma naissance, me fit élever dans une cave à la campagne, avec un garçon du même âge [. . .] (*IM*, p. 71).

Mais il y a bien plus car sortir du souterrain, c'est dévoiler le caché, le refoulé. C'est aussi l'occasion privilégiée pour le romancier d'exprimer une âpre satire, satire où la candeur du narrateur sert de prétexte à la critique sociale. Enfin, développée d'abord dans *Candide II*, la figure du souterrain trouve sa plénitude dans *Imirce*.

Comme l'indique l'exemple du convoi funèbre cité plus haut, Du Laurens renouvelle de plus belle les « fréronades » à la manière de Voltaire. D'ailleurs « Fréron », devenu nom commun dans *Imirce*, signifie « âne » tout simplement:

[. . .] un [f]réron n'est ni bon à rôtir ni à bouillir. — C'est donc à cause qu'il ne vaut rien que tu le laisses vivre? Ton [f]réron est bien heureux de ne rien valoir! (*IM*, p. 85)

De même, Berthier et Trublet, qu'on connaît de *Candide II*, font une brève apparition dans *Imirce*: « un autre avec une physionomie plus lettrée, me demanda si je connaissais les journaux et le frère Berthier » (*IM*, p. 91); « un troisième me parla de[s] chapeaux plats de l'abbé Trublet et de l'Opéra Comique » (*IM*, p. 91). Les mêmes « fréronades », inspirées à la fois de la *Relation du Jésuite Berthier* et du

---

36 G. Bachelard, *La Terre et les rêveries du repos*, Paris, José Corti, 1948, p. 208.

pauvre Diable de Voltaire, reviennent dans les *Jésuitiques* ainsi que dans le chant 9 du *Balai*:

> Là Jean Fréron & Trublet le diacre
> Pour quinze sols dans le même fiacre,
> De leur portière annonçant aux passan[t]s
> L'un son génie, et l'autre ses talen[t]s.
> L'Abbé criait: Je compile à merveille.
> Fréron disait: J'ai dans plus d'une veille,
> Avec succès fait d'un style ennuyant,
> À mon compère un sonnet innocent;
> Dans mes chiffons, j'ai décrié Voltaire. . .
> Le fier Chaumeix en rampant terre à terre,
> Disait: Ma foi, j'ai vaincu Diderot. (*BL.*, pp. 96–97)

Autre preuve. Dans le *Portefeuille*, Du Laurens révèle l'identité du « cuistre des Récollets » mentionné dans le chapitre premier de *Candide II:*

> Hayer n'est qu'un simple Récollet, mais plus savant que tous les moines ensemble [. . .]. Il prit il y a deux ans par modestie le titre de Lieutenant-général de l'Armée Anti-Encyclopédiste » (*PP*, pp. 31–32).

On sait que Hayer figure également dans le *Dictionnaire Philosophique*, mais Voltaire ne dit pas qu'il fut Récollet.

Enfin, le thème de l'homosexualité, abordé sans nuance dans le chapitre 2 de *Candide II*, affleure aussi dans *Imirce*, mais de façon beaucoup plus subtile:

> Le marquis avait une belle chemise garnie; il avait fait broder sur les manchettes le jugement dernier, et sur le jabot, l'enlèvement de Ganymède. La dévote savait un peu la fable, elle lisait la mythologie [. . .] elle dit au marquis: 'Vos manchettes, monsieur, sont édifiantes; mais votre jabot me scandalise' (*IM*, p. 109).

Du Laurens eut-il maille à partir avec les fameux « chevaliers de la manchette » ou plutôt ne faisait-il qu'imiter Voltaire?[37] On ne le sait

---

37 Ralph A. Nablow, « A Study of Voltaire's lighter verse », *SVEC*, 126 (1974), p. 95.

pas précisément, mais dans la *Chandelle d'Arras* le pastiche du *pauvre Diable* de Voltaire saute aux yeux: [38]

> Gazet nous dit dans sa grossière histoire
> Que l'Éternel, pour affermir sa gloire,
> Marquait ainsi d'un feu vif et brûlant,
> L'endroit du corps qui servait au coupable
> À transgresser sa loi triste et durable.
> . . . Le Loyola portait sur son derrière
> Le noir cachet de ses coupables feux,
> Là, maint curé près de sa chambrière,
> La festoyant, voyait l'endroit verreux
> Où le seigneur imprimait sa colère
> [. . .] (*CA.*, p. 115).

Comment s'étonner alors que le nom de Voltaire —à qui Du Laurens voue une vénération frisant l'idolâtrie — s'inscrive dans *Imirce?*[39] L'on sait enfin que Voltaire, pour sa part, disait connaître Du Laurens. Mais ce fut sans doute pour dépister la police que le 2 septembre 1767 il fit une lettre à son libraire parisien Jacques Lacombe, lettre où il attribuait *L'Ingénu* à nul autre que l'auteur du *Compère Mathieu*:

> Vous saurez Monsieur, en qualité d'homme d'esprit et de goût, qu'il y a dans le monde un nommé Monsr Laurent, auteur du compère Matthieu, lequel a fait un petit ouvrage intitulé l'ingénu, lequel est fort couru des hommes, des femmes, des filles, et mêmes des prêtres. Ce Mr Laurent m'est venu voir; il m'a dit avant de repartir pour la Hollande, que si vous pouviez imprimer ce petit ouvrage il vous l'enverrait de Lyon à Paris par la poste en deux paquets par deux courriers consécutifs.[40]

---

38 « Je m'accostai d'un homme à lourde mine, Qui sur sa plume a fondé sa cuisine, Grand écumeur de bourbiers d'Hélicon. De Loyola chassé pour ses fredaines, Vermisseau né du cul de Desfontaines, Digne en tous sens de son extraction [. . .] » (Legrand, p. 116).

39 « Je n'ai lu ni prose, ni vers de ton Voltaire, qui ne m'aient enchanté. Les sots Égyptiens ont dressé de hautes pyramides pour s'immortaliser; leurs copistes ont fait le Colosse de Rhodes et tes merveilles du monde. [. . .] ces anciens innocents ont cru étonner la postérité, ils ont réussi à charmer les sots. Voltaire étonnera davantage tes neveux, que ces amas de pierres et de briques » (*IM*, p. 114).

40 D14402~2 septembre 1767.

Or dans son édition moderne de *L'Ingénu*, Jones avoue ne pas très bien comprendre « pourquoi Voltaire attribuait son ouvrage à Du Laurens alors que toutes les éditions portent le nom du R. P. Quesnel ».[41] C'est là un mystère que Rustin éclaircit en suggérant que cette fausse attribution ne pourrait s'expliquer que par le fait que « connu de la coterie, [. . .] l'auteur d'*Imirce* et du *Compère Mathieu* avait fait ses débuts dans les lettres par un conte à la manière de Voltaire ».[42]

C'est donc en aval du texte de Voltaire que se révèle la valeur du pastiche. Ainsi nous croyons que l'érudit comme l'étudiant de premier cycle trouveront un grand intérêt à étudier le chef-d'œuvre par le truchement de cette imitation pittoresque et instructive, d'apprendre, pour ainsi dire, à apprécier les innombrables richesses d'un texte classique par tout ce qui le transpose.

Enfin, c'est en marge des témoignages « officiels » sur *Candide*, témoignages qui ne font nullement défaut, que l'on finit par comprendre que *Candide II* permet tout autant que les « mots » des « gens d'esprit » de mieux voir la manière dont on lisait les contes de Voltaire du vivant de l'auteur. Lecture d'autant plus précieuse qu'elle nous fait saisir sur le vif l'élan créateur d'un Du Laurens admiratif, d'un Du Laurens tout plein de son modèle, mais qu'il comprend, sans doute, à sa manière.

d) Établissement du texte

La présente édition de *Candide II* suit le texte de 1760, texte à la base de toutes les éditions qui suivirent. Pour plus de clarté nous avons pris le parti de corriger les fautes de langue indiquant nos corrections entre crochets. Le même souci de clarté nous a décidés de normaliser l'orthographe, à commencer par les noms propres. Aussi avons-nous voulu suivre les leçons de l'édition moderne en ce qui a trait à la ponctuation. Les point virgules sont le plus souvent remplacés par un point, et nous introduisons des tirets pour les parties dialoguées.

---

41 Voltaire, *L'Ingénu*, édition critique par W. R. Jones, Genève, Droz, 1957, p. 52.
42 J. Rustin, *op. cit.*, p. 1412.

CANDIDE,

OU

L'OPTIMISME.

TRADUIT DE L'ALLEMAND

DE

MR. LE DOCTEUR RALPH.

SECONDE PARTIE.

§ § § § § § §

§ § § § § §

§ § § § §

§ § §

§ §

MDCCLX.

CANDIDE, OU L'OPTIMISME
SECONDE PARTIE
1760

On croyait que M. le docteur Ralph n'était plus dans la résolution de pousser plus loin son livre de l'optimisme, et on l'a traduit et publié comme un ouvrage fini; mais M. le docteur Ralph, encouragé par les petites tracasseries des universités d'Allemagne, en ayant donné la seconde partie, on s'est hâté de la traduire, pour répondre à l'empressement du public, et surtout ceux qui ne rient point des bons mots de maître Aliboron,[1] qui savent ce que c'est qu'un Abraham Chaumeix,[2] et ne lisent pas le *JOURNAL DE TRÉVOUX.*[3]

CHAPITRE PREMIER

*Comment Candide se sépara de sa société
et ce qui en advint.*

On se lasse de tout dans la vie: les richesses fatiguent celui qui les possède; l'ambition satisfaite ne laisse que des regrets; les douceurs de l'amour ne sont pas longtemps des douceurs, et Candide, fait pour éprouver toutes les vicissitudes de la fortune, s'ennuya bientôt de cultiver son jardin.[4] Maître Pangloss, disait-il, si nous sommes dans le meilleur des mondes possibles, vous m'avouerez du moins que ce n'est pas jouir de la portion de bonheur possible, que de vivre ignoré dans un petit coin de la Propontide,[5] n'ayant d'autres ressources que celles de mes bras qui pourraient me manquer un jour, d'autres plaisirs que ceux que me procure mademoiselle Cunégonde, qui est fort laide et qui est ma femme. (qui pis est), d'autre compagnie que la vôtre qui m'ennuie quelquefois, ou celle de Martin, qui m'attriste, ou celle de Giroflée qui n'est honnête homme que depuis peu,[6] ou celle de Paquette dont vous connaissez tout le danger,[7] ou celle de la vieille qui n'a qu'une fesse et qui fait des contes à dormir debout.

Alors Pangloss prit la parole et dit: — La philosophie nous apprend que les monades,[8] divisibles à l'infini, s'arrangent avec une intelligence merveilleuse pour composer les différents corps que nous remarquons dans la nature. Les corps célestes sont ce qu'ils devaient être, ils sont placés où ils devaient l'être. Ils décrivent les cercles qu'ils devaient décrire. L'homme suit la pente qu'il doit suivre, il est ce qu'il doit être, il fait ce qu'il doit faire. Vous vous plaignez, ô Candide! parce que la monade de votre âme s'ennuie. Mais l'ennui est une modification de l'âme, et cela n'empêche pas que tout ne soit au mieux, et pour vous, et pour les autres. Quand vous m'avez vu tout couvert de pustules,[9] je n'en soutenais pas moins mon sentiment, car si mademoiselle Paquette ne m'avait pas fait goûter les plaisirs de l'amour et son poison, je ne vous aurais pas rencontré en Hollande, je n'aurais pas donné lieu à l'anabaptiste Jacques de faire une œuvre méritoire, je n'aurais pas été pendu à Lisbonne pour l'édification du prochain, je ne serais pas ici pour vous soutenir par mes conseils, et vous faire vivre et mourir dans l'opinion leibnizienne.[10] Oui, mon cher Candide, tout est enchaîné, tout est nécessaire dans le meilleur des mondes possibles. Il faut que le bourgeois de Montauban instruise les rois,[11] que le ver de Quimper-Corentin[12] critique, critique, critique,[13] que le dénonciateur des philosophes se fasse crucifier dans la rue de St-Denis,[14] que le cuistre des Récollets[15] et l'Archidiacre de Saint-Malo[16] distillent le fiel et la calomnie dans leurs journaux chrétiens, qu'on accuse de philosophie au tribunal de Melpomène,[17] et que les philosophes continuent d'éclairer l'humanité, malgré les croassements des ridicules bêtes qui barbotent dans les marais de la littérature; et dussiez-vous être chassé du plus beau des châteaux à grands coups de pied dans le derrière, rapprendre l'exercice chez les Bulgares,[18] repasser par les baguettes,[19] souffrir de nouveau les sales effets du zèle d'une Hollandaise,[20] vous renoyer devant Lisbonne,[21] être très cruellement refessé par l'ordre de la très sainte Inquisition,[22] recourir les mêmes dangers chez Los Padres,[23] chez les Oreillons[24] et chez les Français; dussiez-vous enfin essuyer toutes les calamités possibles, et ne mieux entendre Leibniz que je l'entends moi-même, vous soutiendrez toujours que tout est bien, que tout est au mieux, que le plein, la matière subtile,[25] l'harmonie préétablie et les monades sont les plus jolies choses du monde, et que Leibniz est un grand homme pour ceux même qui ne le comprennent pas.

À ce beau discours Candide, l'être le plus doux de la nature, quoi qu'il eût tué trois hommes dont deux étaient prêtres,[26] ne répondit pas un mot. Mais ennuyé du docteur et de sa société, le lendemain à la pointe du jour, un bâton blanc à la main,[27] il s'en fut, sans savoir où, cherchant un lieu où l'on ne s'ennuyât pas, et où les hommes ne fussent pas des hommes, comme dans le bon pays d'Eldorado.

Candide, d'autant moins malheureux qu'il n'aimait plus mademoiselle Cunégonde, subsistant des libéralités de différents peuples qui ne sont pas chrétiens, mais qui font l'aumône, arriva, après une marche très longue et très pénible, à Tauris[28] sur les frontières de la Perse,[29] ville célèbre par les cruautés que les Turcs et les Persans y ont exercées tour à tour.

Exténué de fatigues, n'ayant presque plus de vêtements que ce qu'il lui en fallait pour cacher ce qui fait l'homme et que l'homme appelle la partie honteuse, Candide ne penchait guère vers l'opinion de Pangloss, quand un Persan l'aborda de l'air le plus poli, en le priant d'ennoblir sa maison de sa présence. — Vous vous moquez, lui dit Candide. Je suis un pauvre diable qui quitte une misérable habitation que j'avais dans la Propontide, parce que j'ai épousé mademoiselle

Cunégonde, qu'elle est devenue fort laide, et que je m'ennuyais. En vérité, je ne suis point fait pour ennoblir la maison de personne. Je ne suis pas noble moi-même, Dieu merci. Si j'avais eu l'honneur de l'être, Monsieur le baron de Thunder-ten-tronkh m'eût payé bien cher les coups de pieds au cul[30] dont il me gratifia, ou j'en serais mort de honte, ce qui aurait été assez philosophique. D'ailleurs, j'ai été fouetté très ignominieusement par les bourreaux de la très sainte Inquisition, et par deux mille héros à trois sols six deniers par jour. Donnez-moi ce que vous voudrez, mais n'insultez pas à ma misère par des railleries qui vous ôteraient tout le prix de vos bienfaits. — Seigneur, répliqua le Persan, vous pouvez être un gueux, et cela paraît assez notoire, mais ma religion m'oblige à l'hospitalité. Il suffit que vous soyez homme et malheureux pour que ma prunelle soit le sentier de vos pieds. Daignez ennoblir ma maison par votre présence radieuse. — Je serai ce que vous voudrez, répondit Candide. — Entrez donc, dit le Persan. Ils entrèrent, et Candide ne laissait d'admirer les attentions respectueuses que son hôte avait pour lui. Les esclaves prévenaient ses désirs. Toute la maison ne semblait occupée qu'à établir sa satisfaction. Si cela dure, disait Candide en lui-même, tout ne va pas si mal dans ce pays. Trois jours s'étaient passés, pendant lesquels les bons procédés du Persan ne s'étaient point démentis, et Candide s'écriait déjà: maître Pangloss, je me suis toujours bien douté que vous aviez raison, car vous êtes un grand philosophe.

CHAPITRE SECOND

Ce qui arriva à Candide dans cette maison, et comme il en sortit.

Candide bien nourri, bien vêtu, redevint bientôt aussi vermeil, aussi frais, aussi beau qu'il l'était en Vestphalie. Ismaël Raab, son hôte, vit ce changement avec plaisir. C'était un homme haut de six pieds, orné de deux petits yeux extrêmement rouges, et d'un gros nez tout bourgeonné,[31] qui annonçait assez son infraction à la loi de Mahomet.[32] Sa moustache était renommée dans la province, et les mères ne souhaitaient rien à leurs fils qu'une pareille moustache. Raab avait des femmes, parce qu'il était riche. Mais il pensait comme on ne pense que trop dans l'Orient et dans quelques-uns des collèges de l'Europe.[33]

— Votre Excellence est plus belle que les étoiles, dit un jour le rusé Persan au naïf Candide, en lui chatouillant légèrement le menton.[34] Vous avez dû captiver bien des cœurs. Vous êtes fait pour rendre heureux et pour l'être. — Hélas! répondit notre héros, je ne fus heureux qu'à demi, derrière un paravent, où j'étais fort mal à mon aise. Mademoiselle Cunégonde était jolie alors... — Mademoiselle Cunégonde, pauvre innocent! Suivez-moi, seigneur, dit le Persan. Et Candide le suivit.

Ils arrivèrent dans un réduit très agréable, au fond d'un petit bois où régnait le silence et la volupté. Là, Ismaël Raab embrassa tendrement Candide, et lui fit en peu de mots l'aveu d'un amour semblable à celui que le bel Alexis exprime si énergiquement dans les *Géorgiques* de Virgile.[35] Candide ne pouvait pas revenir de son étonnement. — Non, s'écria-t-il, je ne souffrirai jamais une telle infamie![36] Quelle cause et quel horrible effet! J'aime mieux la mort. — Tu l'auras, dit Ismaël, furieux. Comment, chien de chrétien, parce que je veux poliment te donner du plaisir... résous-toi à me satisfaire ou à endurer la mort la plus cruelle. Candide n'hésita pas longtemps. La raison suffisante du Persan le faisait trembler, mais il craignait la mort en philosophe.

On s'accoutume à tout. Candide bien nourri, bien soigné, mais gardé à vue, ne s'ennuyait pas absolument de son état. La bonne chère, et différents divertissements exécutés par les esclaves d'Ismaël, faisaient trêve à ses chagrins. Il n'était malheureux que lorsqu'il pensait, et il en est ainsi de la plupart des hommes.

Dans ce temps-là, un des plus fermes soutiens de la milice monacale de Perse, le plus docte des docteurs mahométans, qui savait l'arabe sur le bout du doigt et même le grec qu'on parle aujourd'hui dans la patrie des Démosthène et des Sophocle,[37] le révérend Ed-Ivan-Baal-Denk, revenait de Constantinople où il avait été converser avec le révérend Mamoud-Abram sur un point de doctrine bien délicat: savoir si le prophète avait arraché de l'aile de l'ange Gabriel la plume dont il se servit pour écrire l'Alcoran[38] ou si Gabriel[39] lui en avait fait présent. Ils avaient disputé pendant trois jours et trois nuits avec une chaleur digne des plus beaux siècles de la controverse, et le docteur s'en revenait persuadé, comme tous les disciples d'Ali,[40] que Mahomet avait arraché la plume. Et Mamoud-Abram était demeuré convaincu, comme le reste des sectateurs d'Omar,[41] que le prophète était incapable de cette impolitesse et que l'ange lui avait présenté sa plume de la meilleure grâce du monde. On dit qu'il y avait à Constantinople une espèce d'esprit fort qui insinua qu'il aurait fallu examiner d'abord s'il est vrai que l'Alcoran est écrit avec une plume de l'ange Gabriel, mais il fut lapidé.

L'arrivée de Candide avait fait du bruit dans Tauris. Plusieurs personnes qui l'avaient entendu parler des effets contingents et non contingents s'étaient doutées qu'il était philosophe. On en parla au révérend Ed-Ivan-Baal-Denk. Il eut la curiosité de le voir, et Raab, qui ne pouvait guère refuser une personne de cette considération, fit venir Candide en sa présence. Il parut très satisfait de la manière dont Candide parla du mal physique et du mal moral, de l'agent et du patient.[42] — Je comprends que vous êtes un philosophe et voilà tout. Mais c'est assez, Candide, dit le vénérable cénobite.[43] Il ne convient pas qu'un grand homme comme vous soit traité aussi indignement qu'on me l'a dit dans le monde. Vous êtes étranger. Ismaël Raab n'a aucun droit sur vous. Je veux vous mener à la cour. Vous y recevrez un accueil favorable. Le sophi aime les sciences. Ismaël, remettez entre mes mains ce jeune philosophe ou craignez d'encourir la disgrâce du prince et attirer sur vous les vengeances du Ciel et des moines surtout. Ces derniers mots épouvantèrent l'intrépide Persan. Il consentit à tout, et Candide, bénissant le Ciel et les moines, sortit le même jour de Tauris avec le docteur mahométan. Ils prirent la route d'Ispahan,[44] où ils arrivèrent chargés de bénédictions et des bienfaits des peuples.

CHAPITRE TROISIÈME

Réception de Candide à la cour et ce qui s'ensuivit.

Le révérend Ed-Ivan-Baal-Denk ne tarda pas à présenter Candide au roi. Sa Majesté prit un plaisir singulier à l'entendre. Elle le mit aux prises avec plusieurs savants de sa cour et ces savants le traitèrent de fou, d'ignorant, d'idiot, ce qui contribua beaucoup à persuader Sa Majesté qu'il était un grand homme. Parce que, leur dit-Elle, vous ne comprenez rien aux raisonnements de Candide, vous lui dites des sottises. Mais moi, qui n'y comprends rien non plus, je vous assure que c'est un grand philosophe. J'en jure par ma moustache. Ces mots imposèrent silence aux savants.

On logea Candide au palais. On lui donna des esclaves pour le servir. On le revêtit d'un habit magnifique et le *sophi*[45] ordonna que, quelque chose qu'il pût dire, personne ne fût assez osé pour prouver qu'il eût tort.[*] Sa Majesté ne s'en tint pas là. Le vénérable moine ne cessait pas de la solliciter en faveur de son protégé et elle se résolut enfin à le mettre au nombre de ses plus intimes favoris.

— Dieu soit loué et notre saint prophète,[47] dit l'imam[48] en abordant Candide. Je viens vous apprendre une nouvelle bien agréable. Que vous êtes heureux, mon cher Candide, que vous allez faire des jaloux! Vous nagerez dans l'opulence. Vous pouvez aspirer aux plus beaux postes de l'empire. Ne m'oubliez pas au moins, mon cher ami. Songez que c'est moi qui vous ai procuré la faveur dont vous allez jouir. Que la gaieté règne sur l'horizon de votre visage. Le roi vous accorde une grâce bien mendiée, et vous allez donner un spectacle dont la cour n'a pas joui depuis deux ans. — Et quelles sont les faveurs dont le prince m'honore? demanda Candide. — Ce jour même, répondit le moine tout joyeux, vous recevrez cinquante coups de nerf de bœuf[49] sous la

---

[*] Si ceci pouvait donner envie aux philosophes qui perdent leur temps à aboyer dans la cabane de Procope[46] de faire un petit voyage en Perse, cet ouvrage futile rendrait un assez grand service à messieurs les Parisiens. *Cette note est de M. Ralph.*

plante des pieds en présence de Sa Majesté. Les eunuques[50] nommés pour vous parfumer vont se rendre ici. Préparez-vous à supporter gaillardement cette petite épreuve et à vous rendre digne du roi des rois. — Que le roi des rois garde ses bontés, s'écria Candide en colère, s'il faut recevoir cinquante coups de nerf de bœuf pour les mériter. — C'est ainsi qu'il en use, reprit froidement le docteur, avec ceux sur qui il veut répandre ses bienfaits. Je vous aime trop pour m'en rapporter au petit dépit que vous faites paraître et je vous rendrai heureux malgré vous.

Il n'avait pas cessé de parler que les eunuques arrivèrent, précédés de l'exécuteur des menus plaisirs de Sa Majesté, qui est un des plus grands et plus robustes seigneurs de la cour. Candide eut beau dire et beau faire. On lui parfuma les jambes et les pieds, suivant l'usage. Quatre eunuques le portèrent dans la place destinée pour la cérémonie, au milieu d'un double rang de soldats, au bruit des instruments de musique, des canons, et des cloches de toutes les mosquées d'Ispahan.[51] Le sophi y était déjà, accompagné de ses principaux officiers, et des plus qualifiés de la cour.* À l'instant on étendit Candide sur une petite sellette toute dorée, et l'exécuteur des menus plaisirs se mit à entrer en fonction. Ô maître Pangloss, maître Pangloss, si vous étiez ici! disait Candide, pleurant et criant de toutes ses forces (ce qui aurait été jugé très indécent, si le moine n'eût fait entendre que son protégé n'en agissait ainsi que pour mieux divertir Sa Majesté). En effet, ce grand roi riait comme un fou. Il prit même tant de plaisir à la chose, les cinquante coups donnés, il en ordonna cinquante autres. Mais son Premier ministre lui ayant représenté, avec une fermeté peu commune, que cette faveur inouïe à l'égard d'un étranger pourrait aliéner les cœurs de ses sujets, il révoqua cet ordre et Candide fut reporté dans son appartement.

On le mit au lit après lui avoir bassiné les pieds avec du vinaigre. Les grands vinrent tour à tour le féliciter. Le sophi y vint ensuite, et non seulement il lui donna sa main à baiser, suivant l'usage, mais encore un grand coup de poing sur les dents. Les politiques[53] en conjecturèrent que Candide ferait une fortune presque sans exemple et, ce qui est rare, quoique politiques, ils ne se trompèrent pas.

---

* Je me sers de ce mot *sophi* parce qu'il est beaucoup plus connu que celui de *sefevi* qui est le mot propre, à ce que prétend M. Petit de la Croix.[52] *Sophi* signifie, selon lui, *Empereur Capucin*, mais qu'importe. *Note du traducteur.*

CHAPITRE QUATRIÈME

Nouvelles faveurs que reçoit Candide. Son élévation.

Dès que notre héros fut guéri, on l'introduisit auprès du roi, pour lui faire ses remerciements. Ce monarque le reçut au mieux. Il lui donna deux ou trois soufflets dans le courant de la conversation et le reconduisit dans la salle des gardes à grands coups de pied dans le derrière. Les courtisans faillirent à en crever de dépit. Depuis que Sa Majesté s'était mise en train de battre les gens dont Elle faisait un cas particulier, personne n'avait encore eu l'honneur d'être battu autant que Candide.

Trois jours après cette entrevue, notre philosophe, qui enrageait de sa faveur et trouvait que tout allait assez mal, fut nommé gouverneur de Chusistan[54] avec un pouvoir absolu, ce qui est une grande marque de distinction en Perse. Il prit congé du sophi, qui lui fit encore quelques amitiés, et partit pour se rendre à Sus,[55] capitale de sa province. Depuis l'instant que Candide avait paru à la cour, les grands de l'empire avaient conspiré sa perte. Les faveurs excessives dont le sophi l'avait comblé n'avaient fait que grossir l'orage prêt à fondre sur sa tête. Cependant il s'applaudissait de sa fortune et surtout de son éloignement. Il goûtait d'avance les plaisirs du rang suprême et disait du fond du cœur: trop heureux les sujets éloignés de leur maître.

Il n'était pas encore à vingt milles[56] d'Ispahan, que voilà cinq cents cavaliers armés de pied en cap qui font une décharge furieuse sur lui et sur son monde. Candide crut un moment que c'était pour lui faire honneur, mais une balle qui lui fracassa la jambe, lui apprit de quoi il s'agissait. Ses gens mirent bas les armes et Candide, plus mort que vif, fut porté dans un château isolé. Son bagage, ses chameaux, ses esclaves, ses eunuques blancs, ses eunuques noirs et trente-six femmes que le sophi lui avait données pour son usage, tout fut la proie du vainqueur. On coupa la jambe à notre héros, de peur de la gangrène, et l'on prit soin de ses jours pour lui donner une mort cruelle.

Ô Pangloss! Pangloss! que deviendrait votre optimisme si vous me voyiez avec une jambe de moins entre les mains de mes plus cruels ennemis? Tandis que j'entrais dans le sentier du bonheur, que j'étais gouverneur ou roi, pour ainsi dire, d'une des plus considérables provinces de l'empire, de l'ancienne Médie,[57] que j'avais des chameaux, des esclaves, des eunuques noirs et trente-six femmes pour mon usage et dont je n'avais pas encore usé. . . C'est ainsi que parlait Candide, dès qu'il put parler.

Pendant qu'il se désolait tout allait au mieux pour lui. Le ministère informé de la violence qu'on lui avait faite, avait dépêché une troupe de soldats aguerris à la poursuite des séditieux, et le moine Ed-Ivan-Baal-Denk avait fait publier par d'autres moines que Candide étant l'ouvrage des moines, était par conséquent l'ouvrage de Dieu. Ceux qui avaient connaissance de cet attentat le révélèrent avec d'autant plus d'empressement que les ministres de la religion assurèrent de par Mahomet, que tout homme qui aurait mangé du cochon, bu du vin, passé plusieurs jours sans aller au bain ou vu des femmes dans le temps où elles sont sales, contre les défenses expresses de l'Alcoran, serait absous *ipso facto*, en déclarant ce qu'il savait de la conspiration.[58] On ne tarda pas à découvrir la prison de Candide. Elle fut forcée, et comme il était question de religion, les vaincus furent exterminés, suivant la règle. Candide marchant sur un tas de morts échappa, triompha du plus grand péril qu'il eût encore couru et reprit avec sa suite le chemin de son gouvernement. Il y fut reçu comme un favori qu'on avait honoré de cinquante coups de nerf de bœuf sous la plante des pieds en présence du roi des rois.

CHAPITRE CINQUIÈME

Comme quoi Candide est très grand seigneur et n'est pas content.

Le bon de la philosophie est de nous faire aimer nos semblables. Pascal[59] est presque le seul des philosophes qui semble vouloir nous les faire haïr. Heureusement Candide n'avait pas lu Pascal et il aimait de tout son cœur la pauvre humanité. Les gens de bien s'en aperçurent. Ils s'étaient toujours tenus éloignés des *Missi Dominici*[60] de la Perse, mais ils ne firent pas difficulté de se rassembler auprès de Candide et de l'aider de leurs conseils. Il fit de sages règlements pour encourager l'agriculture, la population, le commerce et les arts. Il récompensa ceux qui avaient fait des expériences utiles. Il encouragea ceux qui n'avaient fait que des livres. Quand on sera généralement content dans ma province, je le serai peut-être, disait-il avec une candeur charmante. Candide ne connaissait pas l'espèce humaine. Il se vit déchirer dans des libelles séditieux,[61] et calomnié dans un ouvrage qu'on appelait *l'Ami des Hommes.*[62] Il vit qu'en travaillant à faire des heureux, il n'avait fait que des ingrats. Ah! s'écria Candide, qu'on a de peine à gouverner ces êtres sans plumes qui végètent sur la terre![63] Et que ne suis-je encore dans la Propontide, dans la compagnie de maître Pangloss, de mademoiselle Cunégonde, de la fille du pape Urbain X qui n'a qu'une fesse, de frère Giroflée et de la très luxurieuse Paquette!

CHAPITRE SIXIÈME

Plaisirs de Candide.

Candide, dans l'amertume de sa douleur, écrivit une lettre très pathétique au révérend Ed-Ivan-Baal-Denk. Il lui peignit si fortement l'état actuel de son âme qu'il en fut touché, au point qu'il fit agréer au sophi que Candide se démît de ses emplois. Sa Majesté, pour récompenser ses services, lui accorda une pension très considérable. Allégé du poids de la grandeur, notre philosophe chercha bientôt dans les plaisirs de la vie privée l'optimisme de Pangloss. Il avait vécu jusqu'alors pour les autres, il semblait avoir oublié qu'il avait un sérail.[64]

Il s'en ressouvint avec l'émotion que ce seul nom inspire. — Que tout se prépare, dit-il à son premier eunuque, pour mon entrée chez mes femmes. — Seigneur, répondit l'homme à voix claire,[65] c'est à présent que Votre Excellence mérite le surnom de sage. Les hommes, pour qui vous avez tant fait, n'étaient pas dignes de vous occuper, mais les femmes. . . — Cela peut être, dit modestement Candide.

Au fond d'un jardin, où l'art aidait la nature à développer ses beautés, était une petite maison d'une architecture simple et élégante, et par cela seul, bien différente de celles qu'on voit dans les faubourgs de la plus belle ville de l'Europe. Candide n'en approcha qu'en rougissant. L'air autour de ce réduit répandait un parfum délicieux. Les fleurs amoureusement entrelacées y semblaient guidées par l'instinct du plaisir. Elles y conservaient longtemps leurs différents attraits. La rose n'y perdait son éclat, la vue d'un rocher d'où l'onde se précipitait avec un bruit sourd et confus, invitait l'âme à cette douce mélancolie qui précède la volupté. Candide entre en tremblant dans un salon où règne le goût et la magnificence. Ses sens sont entraînés par un charme secret. Il jette les yeux sur le jeune Télémaque[66] qui respire sur la toile au milieu des nymphes de la cour de Calypso.[67] Il les détourne sur une Diane[68] à moitié nue qui fuit dans les bras du tendre Endymion.[69] Son trouble augmente à la vue d'une Vénus fidèlement copiée sur la Vénus d'Italie.[70] Tout à coup ses oreilles sont frappées d'une harmonie divine. Une troupe de jeunes Géorgiennes[71] paraissent couvertes de leurs voiles. Elles forment autour de lui un ballet agréablement dessiné et plus vrai que ces petits ballets de sybarites[72] qu'on exécute sur les petits théâtres après la mort des Césars et des Pompées.[73] À un signal convenu les voiles tombent. Des physionomies pleines d'expression prêtent à la chaleur du divertissement. Ces beautés étudient des attitudes séduisantes; et elles ne paraissent pas étudiées. Une n'annonce par ses regards qu'une passion sans bornes, l'autre qu'une molle langueur qui attend les plaisirs sans les chercher. Celle-ci se baisse et se relève précipitamment pour laisser entrevoir ces appas enchanteurs que le beau sexe met dans un si grand jour à Paris. Celle-là entrouvre sa simarre,[74] pour découvrir une jambe seule capable d'enflammer un mortel délicat. La danse cesse et toutes les beautés restent immobiles.

Le silence rappelle Candide à lui-même. La fureur de l'amour entre dans son cœur. Il promène partout des regards avides. Il prend un baiser sur des lèvres brûlantes, sur des yeux humides. Il passe la main sur des globes plus blancs que l'albâtre. Leur mouvement précipité la repousse. Il en admire les proportions. Il aperçoit des petits boutons de rose qui n'attendent pour s'épanouir que les rayons bienfaisants du soleil. Il les baise avec emportement et sa bouche y demeure collée.

Notre philosophe admire encore quelque temps une taille majestueuse, une taille fine et délicate. Consumé de désirs, il jette enfin le mouchoir à une jeune personne dont il avait toujours trouvé les yeux fixés sur lui, qui semblait lui dire: *apprenez-moi la raison d'un trouble que j'ignore*, qui rougissait en voulant dire cela; et qui en était mille fois plus belle. L'eunuque ouvrit aussitôt la porte d'un cabinet consacré aux mystères de l'amour; ces amants y entrèrent, et l'eunuque dit à son maître. — C'est ici que vous allez être heureux. — Oh! je l'espère bien, répondit Candide.

Le plafond et les murs de ce petit réduit étaient couverts de glaces. Au milieu était un petit lit de repos de satin noir. Candide y précipita la jeune Géorgienne. Il la déshabilla avec une promptitude incroyable. Cette aimable enfant le laissait faire, et ne l'interrompait que pour lui donner des baisers pleins de feu. — Seigneur, lui dit-elle en bon turc, que votre esclave est fortunée! Qu'elle est honorée de vos transports! Toutes les langues peignent l'énergie du sentiment dans la bouche de ceux qui en sont remplis. Ce peu de paroles enchanta notre philosophe. Il ne se connaissait plus. Tout ce qu'il voyait était étranger pour lui. Quelle différence de mademoiselle Cunégonde enlaidie et violée par des héros bulgares, à une Géorgienne de dix-huit ans qui n'avait jamais été violée! C'était pour la première fois que Candide jouissait. Les objets qu'il dévorait se répétaient dans les glaces. De quelque côté qu'il jetât les yeux, il apercevait sur du satin noir, le plus beau, le plus blanc des corps possibles; et le contraste des couleurs lui prêtait un éclat nouveau. Des cuisses rondes, fermes et potelées, une chute de reins admirable, un. . . je suis obligé de respecter la fausse délicatesse de notre langue. Il me suffit de dire que notre philosophe goûta à plusieurs reprises la portion de bonheur qu'il pouvait goûter; et que la jeune Géorgienne devint en peu de temps sa raison suffisante.

— Ô mon maître, mon cher maître! s'écria Candide hors de lui-même, tout est aussi bien que dans l'Eldorado. Une belle femme peut seule combler les désirs de l'homme. Je suis heureux autant qu'on peut l'être. Leibniz a raison et vous êtes un grand philosophe. Par exemple, je gage que vous avez toujours penché vers l'optimisme, mon aimable enfant, parce que vous avez toujours été heureuse. — Hélas! non, répondit l'aimable enfant, je ne sais ce que c'est que l'optimisme, mais je vous jure que votre esclave n'a connu le bonheur que d'aujourd'hui. Si monseigneur veut bien le permettre, je l'en convaincrai par un récit succinct de mes aventures. — Je le veux bien, dit Candide. Je suis dans une position assez tranquille pour entendre raconter des histoires. Alors la belle esclave prit la parole et commença en ces termes.

CHAPITRE SEPTIÈME

Histoire de Zirza.

Mon père était chrétien et je suis chrétienne aussi, à ce qu'il m'a dit. Il avait un petit ermitage auprès de Cotais,[75] dans lequel il s'attirait la vénération des fidèles par une dévotion fervente, et par des austérités qui effraient la nature. Les femmes venaient en foule lui rendre leurs hommages et prenaient un plaisir singulier à lui bassiner le derrière qu'il se déchirait tous les jours à grands coups de discipline.[76] Ce fut sans doute à une des plus dévotes que je dois la vie. Je fus élevée dans un souterrain, voisin de la cellule de mon père, quand la terre trembla avec un bruit épouvantable. Les voûtes du souterrain s'affaissèrent et l'on me retira de dessous ces décombres. J'étais à moitié morte, lorsque la lumière frappa mes yeux pour la première fois. Mon père me retira dans son ermitage comme un enfant prédestiné. Tout paraissait étrange au peuple dans cette aventure. Mon père cria au miracle. Le peuple aussi.

On me nomma Zirza, ce qui signifie en persan, *enfant de la providence.* Il fut bientôt question de mes faibles appas. Les femmes venaient déjà plus rarement à l'ermitage, et les hommes beaucoup plus souvent. Un d'eux dit qu'il m'aimait. — Scélérat, lui dit mon père, as-tu de quoi l'aimer? C'est un dépôt que Dieu m'a confié. Il m'est apparu cette nuit sous la figure d'un ermite vénérable, et m'a défendu de m'en dessaisir à moins de mille sequins.[77] Retire-toi, misérable gueux, et crains que ton haleine impure ne flétrisse ses attraits. — Je n'ai qu'un cœur, répondit-il, mais, barbare, ne rougis-tu pas de te jouer de la divinité pour satisfaire ton avarice? De quel front, chétive créature, oses-tu dire que Dieu t'a parlé? C'est avilir l'auteur des êtres que de le représenter conversant avec des hommes tels que toi. — Ô blasphème! s'écria mon père furieux. Dieu lui-même ordonna de lapider les blasphémateurs. En disant ces paroles, il assomme mon malheureux amant et son sang me rejaillit au visage. Quoi que je ne connusse pas encore l'amour, cet homme m'avait intéressée, et sa mort me jeta dans une affliction d'autant plus grande qu'elle me rendit la vue de mon père insupportable. Je pris la résolution de le quitter. Il s'en aperçut. Ingrate, me dit-il, c'est à moi que tu dois le jour. Tu es ma fille. . . et tu me hais! Mais je vais mériter ta haine par les traitements les plus rigoureux. Il ne tint que trop bien parole, le cruel! Pendant cinq ans que je passai dans les pleurs et les gémissements, ni ma jeunesse, ni ma beauté ternie, ne purent affaiblir son courroux! Tantôt il m'enfonçait des milliers d'épingles dans toutes les parties du corps, tantôt avec sa discipline, il me mettait les fesses en sang. . . — Cela vous faisait moins de mal que les épingles, dit Candide. — Cela est vrai, seigneur, dit Zirza. Enfin, continua-t-elle, je m'enfuis de la maison paternelle et, n'osant me fier à personne, je m'enfonçai dans les bois. J'y fus trois jours sans manger. J'y serais morte de faim sans un tigre à qui j'eus le bonheur de plaire, et qui voulut bien partager sa chasse avec moi. Mais j'eus bien des horreurs à essuyer de cette formidable bête et peu s'en fallut que le brutal ne m'enlevât la fleur que monseigneur m'a ravie avec tant de peine et de plaisir. La mauvaise nourriture me donna le scorbut. À peine en étais-je guérie, que je suivis un marchand d'esclaves à Teflis.[78] La peste y était alors, et j'y eus la peste. Ces différents malheurs n'influèrent pas absolument sur mes traits et n'empêchèrent pas le pourvoyeur du sophi de m'acheter pour votre usage. J'ai langui dans les larmes depuis trois mois que je suis au nombre de vos femmes. Mes compagnes et moi, nous nous imaginions être les objets de vos mépris et si vous saviez, seigneur, combien les eunuques sont déplaisants et peu propres à consoler des jeunes filles qu'on méprise. . . Enfin, je n'ai pas encore dix-huit ans, et j'en ai passé douze dans un cachot affreux. J'ai essuyé un tremblement de terre, j'ai été couverte du sang du premier homme aimable que j'eusse encore vu, j'ai enduré pendant quatre ans les tortures les plus cruelles, j'ai eu le scorbut et la peste. Consumée de désirs au milieu d'une troupe de monstres noirs et blancs,[79] conservant ce que j'avais sauvé d'un tigre maladroit, et maudissant ma destinée, j'ai passé trois mois dans ce sérail. J'y serais morte de la jaunisse si Votre Excellence ne m'avait enfin honorée de ses embrassements. Ô ciel! s'écria Candide, se peut-il que vous ayez éprouvé dans un âge aussi tendre des malheurs aussi sensibles? Que dirait Pangloss, s'il pouvait vous entendre? Mais vos infortunes sont finies, ainsi que les miennes. Tout ne va pas mal, n'est-il pas vrai? En disant ceci Candide recommença ses caresses, et s'affermit de plus en plus dans le système de Pangloss.

CHAPITRE HUITIÈME

Dégoûts de Candide. Rencontre à laquelle il ne s'attendait pas.

Notre philosophe, au milieu de son sérail, partageait ses faveurs avec égalité. Il goûtait les plaisirs de l'inconstance, et retournait vers *l'enfant de la providence* avec une nouvelle ardeur. Cela ne dura pas. Il sentit bientôt des maux de reins violents, des coliques cuisantes.[80] Il desséchait en devenant heureux. Alors la gorge de Zirza ne lui parut ni si blanche ni si bien placée. Les fesses ne lui parurent ni si dures, ni si potelées. Ses yeux perdirent aux yeux de Candide toute leur vivacité, son sein, son éclat, ses lèvres, l'incarnat qui l'avait enchanté. Il s'aperçut qu'elle marchait mal et qu'elle sentait mauvais. Il vit avec le plus grand dégoût une tache sur le mont de Vénus, qui ne lui avait jamais paru taché. Les empressements de Zirza lui devinrent à charge. Il remarqua de sang froid dans ses autres femmes des défauts qui lui étaient échappés dans les premiers emportements de sa passion. Il ne vit en elles qu'une honteuse lubricité. Il eut honte d'avoir marché sur les pas du plus sage des hommes, et *invenit amariorem morte mulierem.*[81]

Candide dans ces sentiments chrétiens, promenait son oisiveté dans les rues de Sus. Voilà un cavalier superbement vêtu qui lui saute au cou, en l'appelant par son nom. — Serait-il bien possible, s'écria Candide! Seigneur, vous seriez? . . .Cela n'est pas possible. Cependant vous ressemblez si fort. . . monsieur l'abbé Périgourdin.[82] Alors Candide recula de trois pas et dit ingénument: — Êtes-vous heureux, monsieur l'abbé? — Belle question, reprit Périgourdin. La petite supercherie que je vous ai faite n'a pas peu contribué à me mettre en crédit. La police m'a employé pendant quelque temps, mais m'étant brouillé avec elle, j'ai quitté l'habit ecclésiastique, qui ne m'était plus bon à rien. J'ai passé en Angleterre, où les gens de mon métier sont mieux payés. J'ai dit tout ce que je savais et ce que je ne savais pas du fort et du faible du pays que j'avais quitté. J'ai fort assuré surtout que les Français étaient la lie des peuples et que le bon sens ne résidait qu'à Londres. Enfin, j'ai fait une brillante fortune et je viens de conclure un traité à la cour de Perse qui tend à faire exterminer tous les Européens qui viennent chercher le coton et la soie dans les états du sophi au préjudice des Anglais. — L'objet de votre mission est très louable, dit notre philosophe, mais monsieur l'abbé, vous êtes un fripon. Je n'aime point les fripons, et j'ai quelque crédit à la cour. Tremblez, votre bonheur est parvenu à son terme. Vous allez subir le sort que vous méritez. — Monseigneur Candide, s'écria Périgourdin en se mettant à genoux, ayez pitié de moi. Je me sens entraîné au mal par une force irrésistible, comme vous vous sentez vous-même nécessité à la vertu. J'ai senti ce penchant fatal dès l'instant que je fis connaissance avec monsieur Valsp[83] et que je travaillai aux feuilles.[84] — Qu'est-ce que les feuilles*? dit Candide. — Ce sont, dit Périgourdin, des cahiers de soixante et douze pages d'impression, dans lesquels on entretient le public sur le *ton* de la calomnie, de la satire et de la grossièreté. C'est un honnête homme qui sait lire et écrire, et qui, n'ayant pu être jésuite aussi longtemps qu'il aurait voulu, s'est mis à composer ce joli petit ouvrage, pour avoir de quoi donner des dentelles à sa femme et élever ses enfants dans la crainte de Dieu. Ce sont quelques honnêtes gens qui, pour quelques sols et quelques chopines de vin de Brie, aident cet honnête homme à soutenir son entreprise. Ce monsieur Valsp est encore d'une coterie délicieuse où l'on s'amuse à faire renier Dieu à quelques gens ivres ou à aller gruger un pauvre diable, à lui casser ses meubles, et à le demander en duel au dessert: petites gentillesses que ces messieurs appellent des mystifications, et qui méritent l'attention de la police. Enfin, ce très honnête homme de monsieur Valsp qui dit qu'il n'a pas été aux galères est plongé dans une léthargie qui le rend insensible aux plus dures vérités. On ne peut l'en tirer que par certains moyens violents qu'il supporte avec une résignation et un courage au-dessus de tout ce qu'on peut dire. J'ai travaillé quelque temps sous cette plume célèbre. Je suis devenu une plume célèbre à mon tour et je venais de quitter monsieur Valsp, pour me mettre en mon particulier, quand j'eus l'honneur de vous rendre visite à Paris. — Vous êtes un très fripon, monsieur l'abbé, mais votre sincérité me touche. Allez à la cour. Demandez le révérend Ed-Ivan-Baal-Denk. Je lui écrirai en votre faveur, à condition toutefois que vous promettiez de devenir honnête homme et de ne pas faire égorger quelques milliers d'hommes[85] pour de la soie et du coton. Périgourdin promit tout ce qu'exigea Candide et ils se séparèrent assez bons amis.

---

* C'est un des trente ou quarante journaux qui s'impriment à Paris. Il n'est connu qu'en France où il a assez de cours parmi le peuple de tous les états. Au reste, il ne faut pas confondre ces cahiers de soixante et douze pages, avec d'autres de soixante et douze pages, dont l'auteur se respecte lui-même et dont les philosophes font un grand cas. *Cette note est de M. Ralph.*

CHAPITRE NEUVIÈME

Disgrâce de Candide. Voyages et aventures.

Périgourdin ne fut pas plus tôt arrivé à la cour qu'il employa toute son adresse pour gagner le ministre et pour perdre son bienfaiteur. Il répandit le bruit que Candide était un traître et qu'il avait mal parlé de la sacrée moustache du roi des rois. Tous les courtisans le condamnèrent à être brûlé à petit feu, mais le sophi, plus indulgent, ne le condamna qu'à un exil perpétuel, après avoir préalablement baisé la plante des pieds de son dénonciateur, suivant l'usage des Persans. Périgourdin partit pour faire exécuter ce jugement. Il trouva notre philosophe en assez bonne santé, et disposé à redevenir heureux. — Mon ami, lui dit l'Ambassadeur d'Angleterre, je viens à regret vous annoncer qu'il faut sortir au plus vite de cet empire, et me baiser les pieds avec un véritable repentir de vos énormes forfaits... — Vous baiser les pieds, monsieur l'abbé! en vérité vous n'y pensez pas. Je ne comprends rien à ce badinage. Alors quelques muets qui avaient suivi Périgourdin, entrèrent et le déchaussèrent. On signifia à Candide qu'il fallait subir cette humiliation ou s'attendre à être empalé. Candide, en vertu de son libre arbitre, baisa les pieds de l'abbé. On le revêtit d'une mauvaise robe de toile et le bourreau le chassa de la ville en criant: c'est un traître! il a médit de la moustache impériale!

Que faisait l'officieux cénobite, tandis qu'on traitait ainsi son protégé? Je n'en sais rien. Il est à croire qu'il s'était lassé de protéger Candide. Qui peut compter sur la faveur des rois et des moines surtout?

Cependant notre héros cheminait tristement. Je n'ai jamais parlé, se disait-il, de la moustache du roi de Perse. Je tombe en un moment du faîte du bonheur dans l'abîme de l'infortune parce qu'un misérable, qui a violé toutes les lois, m'accuse d'un prétendu crime que je n'ai jamais commis; et ce misérable persécuteur de la vertu... il est heureux.

Candide, après quelques jours de marche, se trouva sur les frontières de la Turquie. Il dirigea ses pas vers la Propontide dans le dessein de s'y fixer et de passer le reste de ses jours à cultiver son jardin. Il vit en passant dans une petite bourgade, quantité de gens assemblés en tumulte. Il s'informa de la cause et de l'effet. C'est un événement assez particulier, lui dit un vieillard. Il y a quelque temps que le riche Mehemet demanda en mariage la fille du janissaire Zamoud.[86] Il ne la trouva pas pucelle et, suivant un principe tout naturel autorisé par les lois, il la renvoya chez son père après l'avoir dévisagée. Zamoud outré de cet affront dans les premiers transports d'une fureur très naturelle, abattit d'un coup de cimeterre[87] le visage défiguré de sa fille. Son fils aîné qui aimait passionnément sa sœur, et cela est bien dans la nature, sauta sur son père et, la rage dans le cœur, lui plongea tout naturelle- ment un poignard très aigu dans l'estomac. Ensuite, semblable à un lion qui s'enflamme en voyant couler son sang, le furieux Zamoud courut chez Mehemet. Il a renversé quelques esclaves qui s'opposaient à son passage et a massacré Mehemet, ses femmes et deux enfants au berceau, ce qui est fort naturel dans la situation violente où il était. Enfin, il a fini par se donner la mort avec le même poignard fumant du sang de son père et de ses ennemis, ce qui est bien naturel encore. — Ô quelles horreurs! s'écria Candide. Que diriez-vous, maître Pangloss, si vous trouviez ces barbaries dans la nature? N'avouerez- vous pas que la nature est corrompue, que tout n'est pas. . .? — Non, dit le vieillard, car l'harmonie est préétablie. — Ô ciel! Ne me trompez- vous pas? Est-ce Pangloss que je revois? dit Candide. — C'est moi-même, répondit le vieillard. Je vous ai reconnu, mais j'ai voulu pénétrer dans vos sentiments avant de me découvrir. Ça, discourons un peu sur les effets contingents et voyons si vous avez fait des progrès dans l'art de la sagesse. . . — Hélas! dit Candide, vous choisissez bien mal votre temps. Apprenez-moi plutôt ce qu'est devenue mademoi- selle Cunégonde et où sont frère Giroflée, Paquette et la fille du pape Urbain. — Je n'en sais rien, dit Pangloss. Il y a deux ans que j'ai quitté notre habitation pour vous chercher. J'ai parcouru presque toute la Turquie. J'allais me rendre à la cour de Perse où j'avais appris que vous faisiez *florès*,[88] et je ne séjournais dans cette petite bourgade parmi ces bonnes gens que pour prendre des forces pour continuer mon voyage. — Qu'est-ce que je vois? reprit Candide tout surpris. Il vous manque un bras, mon cher docteur. — Cela n'est rien, dit le docteur borgne et manchot. Rien de si ordinaire dans le meilleur des mondes que de voir des gens qui n'ont qu'un œil et qu'un bras. Cet accident m'est arrivé dans un voyage de la Mecque.[89] Notre caravane fut attaquée par une troupe d'Arabes. Notre escorte voulut faire résistance et, suivant les droits de la guerre, les Arabes, qui se trouvèrent les plus forts, nous massacrèrent tous incroyablement. Il périt environ cinq cents personnes dans cette affaire, parmi lesquelles il y avait une douzaine de femmes grosses. Pour moi, je n'eus que le crâne fendu et le bras coupé. Je n'en mourus pas et j'ai toujours trouvé que tout allait au mieux. Mais vous-même, mon cher Candide, d'où vient [que vous avez] une jambe de bois? Alors Candide prit la parole et raconta ses aventures. Nos philosophes retournèrent ensemble dans la Propontide et firent gaîment le chemin en discourant du mal physique et du mal moral, de la liberté et de la prédestination, des monades et de l'harmonie préétablie.

CHAPITRE DIXIÈME

Arrivée de Candide et de Pangloss dans la Propontide; ce qu'ils y virent, et ce qu'ils devinrent.

— Ô Candide! disait Pangloss, pourquoi vous êtes-vous lassé de cultiver votre jardin? Que n'avons-nous toujours mangé des cédrats confits et des pistaches?[90] Pourquoi vous êtes-vous ennuyé de votre bonheur? Parce que tout est nécessaire dans le meilleur des mondes, il fallait que vous subissiez la bastonnade en présence du roi de Perse, que vous eussiez la jambe coupée pour rendre le Chusistan heureux, pour éprouver l'ingratitude des hommes et pour attirer sur la tête de quelques scélérats les châtiments qu'ils avaient mérités. En parlant ainsi ils arrivèrent dans leur ancienne demeure. Les premiers objets qui s'offrirent à leurs yeux furent Martin et Paquette en habits d'esclaves. — D'où vient cette métamorphose? leur dit Candide, après les avoir tendrement embrassés. — Hélas! répondirent-ils en sanglotant. Vous n'avez plus d'habitation. Un autre s'est chargé de faire cultiver votre jardin. Il mange vos cédrats confits et vos pistaches et nous traite comme des nègres. — Quel est cet autre? dit Candide — C'est, dirent-ils, le général de la mer, l'humain le moins humain des hommes. Le sultan voulant récompenser ses services sans qu'il lui en coûtât rien, a confisqué tous vos biens, sous le prétexte que vous étiez passé chez ses ennemis; et nous a condamnés à l'esclavage. — Croyez-moi, Candide, ajouta Martin, continuez votre route. Je vous l'ai toujours dit, tout est au plus mal. La somme des maux excède de beaucoup la somme des biens. Partez, et je ne désespère pas que vous ne deveniez manichéen si vous ne l'êtes déjà. Pangloss voulait commencer un argument en forme, mais Candide l'interrompit pour demander des nouvelles de Cunégonde, de la vieille, de frère Giroflée et de Cacambo. — Cacambo, répondit Martin, est ici. Il est actuellement occupé à nettoyer un égout. La vieille est morte d'un coup de pied qu'un eunuque lui a donné dans la poitrine. Le frère Giroflée est entré dans les janissaires. Mademoiselle Cunégonde a repris tout son embonpoint et sa première beauté. Elle est dans le sérail de notre patron. — Quel enchaînement d'infortunes, dit Candide. Fallait-il que mademoiselle Cunégonde redevînt belle pour me faire cocu! — Il importe peu, dit Pangloss, que mademoiselle Cunégonde soit belle ou laide, qu'elle soit dans vos bras ou dans ceux d'un autre. Cela ne fait rien au système général. Pour moi je lui souhaite une nombreuse postérité. Les philosophes ne s'embarrassent pas avec qui les femmes font des enfants, pourvu qu'elles en fassent. La population...[91] — Hélas, dit Martin, les philosophes devraient bien plutôt s'occuper à rendre heureux quelques individus, que de s'engager à multiplier l'espèce souffrante... Pendant qu'ils parlaient un grand bruit se fit entendre. C'était le général de la mer qui s'amusait à faire fesser une douzaine d'esclaves. Pangloss et Candide épouvantés se séparèrent, la larme à l'œil, de leurs amis et prirent au plus vite le chemin de Constantinople.

Ils y trouvèrent tout le monde en émeute. Le feu était dans le faubourg de Péra.[92] Il y avait déjà cinq ou six maisons de consumées, et deux ou trois mille personnes avaient péri dans les flammes. — Quel horrible désastre, s'écria Candide! — Tout est bien, dit Pangloss. Ces petits accidents arrivent tous les ans. Il est tout naturel que le feu prenne à des maisons de bois et que ceux qui s'y trouvent soient brûlés. D'ailleurs cela procure quelques ressources à d'honnêtes gens qui languissent dans la misère... — Qu'est-ce que j'entends? dit un officier de la Sublime Porte.[93] Comment, malheureux, tu oses dire que tout est bien, quand la moitié de Constantinople est en feu. Va, chien, maudit du Prophète, va recevoir la punition de ton audace. En disant ces paroles, il prit Pangloss par le milieu du corps et le précipita dans les flammes. Candide à moitié mort se traîna comme il put dans un quartier voisin, où tout était plus tranquille; et nous verrons ce qu'il devint dans le chapitre suivant.

CHAPITRE ONZIÈME

Candide continue de voyager et en quelle qualité.

Je n'ai d'autre parti à prendre, disait notre philosophe, que de me faire esclave ou Turc.[94] Le bonheur m'a abandonné pour jamais. Un turban corromprait tous mes plaisirs. Je me sens incapable de goûter la tranquillité de l'âme dans une religion pleine d'impostures,[95] dans laquelle je ne serais entré que par vil intérêt. Non, jamais je ne serais content si je cesse d'être honnête homme. Faisons-nous donc esclaves. Aussitôt cette résolution prise, Candide se mit en devoir de l'exécuter. Il choisit un marchand arménien pour maître. C'était un homme d'un très bon caractère, et qui passait pour vertueux, autant qu'un Arménien peut l'être.[96] Il donna deux cents sequins à Candide pour prix de sa liberté. L'Arménien était sur le point de partir pour la Norvège. Il emmena Candide, espérant qu'un philosophe lui serait utile dans son commerce. Ils s'embarquèrent et le vent leur fut si favorable qu'ils ne mirent que la moitié du temps qu'on met ordinairement pour faire ce trajet. Ils n'eurent pas même besoin d'acheter du vent des magiciens lapons[97] et se contentèrent de leur faire quelques cadeaux pour qu'ils ne troublassent pas leur bonne fortune par des enchantements; ce qui leur arrive quelquefois si l'on en croit le *Dictionnaire de Moréri*.[98]

Aussitôt débarqué, l'Arménien fit sa provision de graisse de baleine et chargea notre philosophe de parcourir le pays pour lui acheter du poisson sec. Il s'acquitta de sa commission le mieux qu'il lui fut possible. Il s'en revenait avec plusieurs rennes chargés de cette marchandise et il réfléchissait profondément sur la différence étonnante qui se trouve entre les Lapons et les autres hommes. Une très petite Lapone qui avait la tête un peu plus grosse que le corps, les yeux rouges et pleins de feu, le nez épaté et la bouche de toute la grandeur possible, lui souhaita le bonjour avec des grâces infinies. — Mon petit seigneur, lui dit cet être haut d'un pied dix pouces, je vous trouve charmant, faites-moi la grâce de m'aimer un peu. En disant ceci la Lapone lui sauta au cou. Candide la repoussa avec horreur. Elle s'écrie. Son mari vient, accompagné de plusieurs autres Lapons. — D'où vient ce tintamarre? dirent-ils. — C'est, dit le petit être, que cet étranger... Hélas! la douleur me suffoque. Il me méprise. —J'entends, dit le mari Lapon. Impoli, malhonnête, brutal, infâme, lâche, coquin, tu couvres d'opprobre ma maison, tu me fais l'injure la plus sensible, tu refuses de coucher avec ma femme. — En voilà bien d'une autre, s'écria notre héros. Qu'auriez-vous donc dit si j'avais couché avec elle? — Je t'aurais souhaité toutes les prospérités, dit le Lapon en colère. Mais tu ne mérites que mon indignation. En parlant ainsi, il déchargea sur le dos de Candide une volée de coups de bâton. Les rennes furent saisis par les parents de l'époux offensé et Candide, crainte de pis, se vit contraint de prendre la fuite, et de renoncer pour jamais à son maître. Car comment oser se présenter devant lui sans argent, sans graisse de baleine et sans rennes?

CHAPITRE DOUZIÈME

Candide continue ses voyages. Nouvelles aventures.

Candide marcha longtemps sans savoir où il irait. Il se résolut enfin de se rendre dans le Danemark où il avait ouï dire que tout allait assez bien. Il possédait quelques pièces de monnaie dont l'Arménien lui avait fait présent et, avec ce faible secours, il espérait voir la fin de son voyage. L'espérance lui rendait sa misère supportable et il passait encore quelques bons moments. Il se trouva un jour dans une hôtellerie avec trois voyageurs qui lui parlaient avec chaleur du plein et de matière subtile. Bon, se dit Candide, voilà des philosophes. — Messieurs, leur dit-il, le plein est incontestable. Il n'y a point de vide dans la nature et la matière subtile est bien imaginée. — Vous êtes donc cartésien,[99] firent les trois voyageurs. — Oui, fit Candide, et leibnizien, qui plus est. — Tant pis pour vous, répondirent les philosophes. Descartes et Leibniz n'avaient pas le sens commun. Nous sommes newtoniens nous autres, et nous en faisons gloire.[100] Si nous disputons, c'est pour mieux nous affermir dans nos sentiments et nous pensons tous de même. Nous cherchons la vérité sur les traces de Newton, parce que nous sommes persuadés que Newton est un grand homme... — Et Descartes aussi, et Leibniz aussi et Pangloss aussi, dit Candide. Ces grands hommes-là en valent bien d'autres. — Vous êtes un impertinent, notre ami, répondirent les philosophes, connaissez-vous les lois de la réfrangibilité, de l'attraction, du mouvement? Avez-vous lu les vérités que le docteur Clark a répondues aux rêveries de votre Leibniz?[101] Savez-vous ce que c'est que la force centrifuge et la force centripète? Savez-vous que les couleurs dépendent des épaisseurs? Avez-vous quelques notions de la théorie de la lumière et de la gravitation? Connaissez-vous la période de vingt-cinq mille neuf cent vingt années, qui malheureusement, ne s'accorde pas avec la chronologie? Non, sans doute. Vous n'avez que de fausses idées de toutes ces choses. Taisez-vous donc, chétive monade, et gardez-vous d'insulter les géants en les comparant à des Pygmées. — Messieurs, répondit Candide, si Pangloss était ici, il vous dirait de fort belles choses, car c'est un grand philosophe. Il méprise souverainement votre Newton et, comme je suis son disciple, je n'en fais pas grand cas non plus. Les philosophes outrés de colère se jetèrent sur Candide et le pauvre Candide fut rossé très philosophiquement.

Leur courroux s'apaisa. Ils demandèrent pardon à notre héros. Alors l'un d'eux prit la parole et fit un fort beau discours sur la douceur et la modération.

Pendant qu'ils parlaient, on vit passer un enterrement magnifique. Nos philosophes en prirent occasion de discourir sur la sotte vanité des hommes. — Ne serait-il pas plus raisonnable, dit l'un d'eux, que les parents et amis du mort portassent eux-mêmes, sans pompe et sans bruit, le fatal cercueil?[102] Cette opération funèbre, en leur offrant l'idée du trépas, ne produirait-elle pas l'effet le plus salutaire, le plus philosophique? Cette réflexion, qui se présenterait d'elle-même: ce corps que je porte est celui de mon ami, de mon parent. Il n'est plus, et comme lui, je dois cesser d'être, ne serait-elle pas capable d'épargner des crimes à ce globe malheureux, de ramener à la vertu des êtres qui croient à l'immortalité de l'âme? Les hommes sont trop portés à éloigner d'eux la pensée de la mort pour qu'on doive craindre de leur en présenter de trop fortes images. D'où vient, écart[ées] de ce spectacle, une mère et une épouse en pleurs? Les accents plaintifs de la nature, les cris perçants du désespoir honoreraient bien plus les cendres d'un mort que tous ces individus noirs depuis la tête jusqu'aux pieds avec des pleureuses inutiles et ce tas de ministres qui psalmodient gaîment des oraisons qu'ils n'entendent pas.

— C'est fort bien parlé, dit Candide. Si vous parliez toujours aussi bien sans vous aviser de battre les gens, vous seriez un grand philosophe.

Nos voyageurs se séparèrent avec des signes de confiance et d'amitié. Candide, dirigeant toujours ses pas vers le Danemark, s'enfonça dans le bois. En y rêvant à tous les malheurs qui lui étaient arrivés dans le meilleur des mondes, il se détourna du grand chemin et se perdit. Le jour commença à baisser quand il s'aperçut de sa méprise. Le découragement le prit et, levant tristement les yeux au ciel, notre héros appuyé sur un tronc d'arbre, parla en ces termes: J'ai parcouru la moitié du monde. J'ai vu la fraude et la calomnie triomphantes. Je n'ai cherché qu'à rendre service aux hommes et j'ai été persécuté. Un grand roi m'honore de sa faveur et de cinquante coups de nerf de bœuf. J'arrive avec une jambe de bois dans une fort belle province. J'y goûte des plaisirs après m'être abreuvé de fiel et de chagrins. Un abbé arrive. Je le protège. Il s'insinue à la cour par mon moyen et je suis obligé de lui baiser les pieds. . . Je rencontre mon pauvre Pangloss, et c'est pour le voir brûler. . . Je me trouve avec des philosophes, l'espèce la plus douce et la plus sociable de toutes les espèces d'animaux répandus sur la surface de la terre, et ils me battent impitoyablement. . . Il faut que tout soit bien puisque Pangloss l'a dit, mais je n'en suis pas moins le plus malheureux des êtres possibles.

Candide s'interrompit pour prêter l'oreille à des cris perçants qui semblaient partir d'un endroit voisin. Il avança par curiosité. Une jeune personne qui s'arrachait les cheveux avec les marques du plus cruel désespoir s'offrit tout à coup à sa vue. — Qui que vous soyez, lui dit-elle, si vous avez un cœur, suivez-moi. Ils marchèrent ensemble. Ils eurent à peine fait quelques pas que Candide aperçut un homme et une femme étendus sur l'herbe. Leur physionomie annonçait la noblesse de leur âme et de leur origine. Leurs traits, quoique altérés par la douleur qu'ils ressentaient, avaient quelque chose de si intéressant que Candide ne put s'empêcher de les plaindre et de s'informer avec un vif empressement de la cause qui les avait réduits en ce triste état. — C'est mon père et ma mère que vous voyez, lui dit la jeune personne. Oui, ce sont les auteurs de mes misérables jours, continua-t-elle en se précipitant dans leurs bras. Ils fuyaient pour éviter la rigueur d'une sentence injuste. J'accompagnais leur fuite, trop contente de partager leur malheur, de penser que dans les déserts où nous allions nous rendre, mes faibles mains pourraient leur procurer une nourriture nécessaire. Nous nous sommes arrêtés ici pour prendre quelque repos. J'ai découvert cet arbre que vous voyez. Son fruit m'a trompé. . . Hélas! monsieur, je suis une créature en horreur à l'univers et à moi-même. Que votre bras s'arme pour venger la vertu offensée, pour punir le parricide! Frappez![103] Ce fruit. . . j'en ai présenté à mon père et à ma mère. Ils en ont mangé avec plaisir. Je m'applaudissais d'avoir trouvé le moyen d'étancher la soif dont ils étaient tourmentés. . . Malheureuse! c'était la mort que je leur avais présentée. Ce fruit est un poison.

Ce récit fit frissonner Candide. Ses cheveux se dressaient sur sa tête. Une sueur froide coula sur tout son corps. Il s'empressa autant que sa situation lui pouvait permettre de donner des secours à cette famille infortunée, mais le poison avait déjà fait tant de progrès et les remèdes les plus efficaces n'auraient pu en arrêter le funeste effet.

— Chère enfant, notre unique espérance! s'écrièrent les deux malheureux, pardonne-toi, comme nous te pardonnons. C'est l'excès de tendresse qui nous ôte la vie. . . Généreux étranger, daignez prendre soin de ses jours. Son cœur est noble et formé à la vertu. C'est un dépôt que nous vous laissons entre les mains qui nous est infiniment plus précieux que notre fortune passée. . . Chère Zénoïde, reçois nos derniers embrassements. Mêle tes larmes avec les nôtres. Ha! ciel, que ces moments ont des charmes pour nous. Tu nous as ouvert la porte du cachot ténébreux dans lequel nous languissons depuis quarante ans. Tendre Zenoïde, nous te bénissons, puisses-tu jamais oublier les leçons que notre prudence t'a dictées, et puissent-elles te préserver des abîmes que nous voyons entrouverts sous tes pas!

Ils expirèrent en prononçant ces derniers mots. Candide eut beaucoup de peine à faire revenir Zénoïde à elle-même. La lune avait éclairé cette scène touchante. Le jour paraissait, que Zénoïde, plongée dans une morne affliction, n'avait pas encore pris usage de ses sens. Dès qu'elle eut ouvert les yeux, elle pria Candide de creuser la terre et d'y enfouir ces cadavres. Elle y travailla elle-même avec un courage étonnant. Ce devoir rempli, elle donna libre cours à ses pleurs. Notre philosophe l'entraîna loin de ce lieu fatal. Ils marchèrent longtemps sans tenir de route certaine. Ils aperçurent enfin une petite cabane. Deux personnes sur le déclin de l'âge habitaient ce désert, qui s'empressèrent de donner tous les secours que leur pauvreté leur permettait d'offrir à l'état déplorable de leurs frères. Ces vieilles gens étaient tels qu'on nous peint Philémon et Baucis.[104] Il y a cinquante ans qu'ils goûtaient les douceurs de l'hymen sans jamais en avoir essuyé l'amertume. Une santé robuste, fruit de la tempérance et de la tranquillité de l'âme, des mœurs douces et simples, un fond de candeur inépuisable dans le caractère, toutes les vertus que l'homme ne doit qu'à lui-même composaient le glorieux apanage que le ciel leur avait accordé. Ils étaient en vénération dans les hameaux voisins dont les habitants, plongés dans une heureuse rusticité, auraient pu passer pour d'honnêtes gens s'ils avaient été catholiques. Ils se faisaient un devoir de ne laisser manquer de rien à Agaton et à Suname (c'étaient les noms des vieux époux). Leur charité s'étendit sur de nouveaux venus.

Hélas! disait Candide, c'est grand dommage que vous ayez brûlé, mon cher Pangloss, vous aviez bien raison. Mais ce n'est pas dans toutes les parties de l'Europe et de l'Asie que j'ai parcourues avec vous que tout est bien. C'est dans l'Eldorado où il n'est pas possible d'aller,[105] et dans une petite cabane située dans le lieu le plus froid, le plus aride, le plus affreux du monde. Que j'aurais de plaisir à vous entendre parler ici de l'harmonie préétablie et des monades! Je voudrais bien passer mes jours parmi ces honnêtes luthériens,[106] mais il faudrait renoncer à aller à la messe, et me résoudre à être déchiré dans le *Journal Chrétien*.[107]

Candide était fort curieux d'apprendre les aventures de Zénoïde. Il ne lui en parlait pas par discrétion. Elle s'en aperçut et satisfit son impatience en parlant de la sorte.

CHAPITRE TREIZIÈME

Histoire de Zénoïde. Comme quoi Candide s'enflamme pour elle,
et ce qui s'ensuivit.

— Je sors d'une des plus anciennes maisons du Danemark. Un de mes ancêtres périt dans ce repas où le méchant Christierne prépara la mort à tant de sénateurs.[108] Les richesses et les dignités accumulées dans ma famille n'ont fait jusqu'à présent que d'illustres malheureux. Mon père eut la hardiesse de déplaire à un homme puissant en lui dictant la vérité. On lui suscita des accusateurs qui le noircirent de plusieurs crimes imaginaires. Les juges furent trompés. Hé! quels juges peuvent ne jamais donner dans les pièges que la calomnie tend à l'innocence? Mon père fut condamné à perdre la tête sur un échafaud. La fuite pouvant le garantir du supplice, il se retira chez un ami qu'il croyait digne de ce beau nom. Nous restâmes quelque temps cachés dans un château qu'il possède sur le bord de la mer, et nous y serions encore, si le cruel (abusant de l'état déplorable où nous étions) n'avait voulu vendre ses services à un prix qui nous [le fit] détester. L'infâme avait conçu une passion déréglée pour ma mère et pour moi. Il attenta à notre vertu par les moyens les plus indignes d'un honnête homme, et nous nous vîmes contraintes à nous exposer aux affreux dangers pour éviter les effets de sa brutalité. Nous prîmes la fuite une seconde fois et vous savez le reste. En achevant ce récit, Zénoïde pleura de nouveau. Candide essuya ses larmes et lui dit pour la consoler. — Tout est au mieux, mademoiselle, car, si monsieur votre père n'était pas mort empoisonné, il aurait été infailliblement découvert, et on lui aurait coupé la tête; madame votre mère en serait peut-être morte de chagrin et nous ne serions pas dans cette pauvre chaumière où tout va beaucoup mieux que dans les plus beaux châteaux possibles. — Hélas! monsieur, répondit Zénoïde, mon père ne m'a jamais dit que tout était au mieux. Nous appartenons tous à un Dieu qui nous aime, mais il n'a pas voulu éloigner de nous les soucis dévorants, les maladies cruelles, les maux innombrables qui affligent l'humanité. Le poison croit dans l'Amérique à côté du quinquina.[109] Le plus heureux mortel a répandu des larmes. Du mélange des plaisirs et des peines, résulte ce qu'on appelle la vie; c'est-à-dire, un laps de temps déterminé, toujours trop long aux yeux du sage, qu'on doit employer à faire le bien de la société dans laquelle on se trouve, à jouir des ouvrages du tout-puissant sans en rechercher follement les causes, à régler sa conduite sur les témoignages de sa conscience et surtout, à respecter la religion, trop heureux quand on peut la suivre.

— Voilà ce que me disait souvent mon respectable père. Malheur, ajoutait-il, à ces écrivains téméraires, qui cherchent à pénétrer les secrets du tout-puissant. Sur ce principe, que Dieu veut être honoré par des milliers d'atomes à qui il a donné l'être, les hommes ont allié des chimères ridicules à des vérités respectables.[110] Le derviche chez les Turcs,[111] le brahmine en Perse,[112] le bonze en Chine,[113] le talapoin dans l'Inde:[114] tous rendent à la divinité un culte différent, mais ils goûtent la paix de l'âme dans les ténèbres où ils sont plongés. Celui qui voudrait les dissiper leur rendrait un mauvais service. C'est ne pas aimer les hommes que de les arracher à l'empire du préjugé.

— Vous parlez comme un philosophe, dit Candide. Oserais-je vous demander, ma belle demoiselle, de quelle religion vous êtes? — J'ai été élevée dans le luthéranisme, répondit Zénoïde. C'est la religion de mon pays. — Tout ce que vous venez de dire, continua Candide, est un trait de lumière qui m'a pénétré. Je me sens pour vous un fond d'estime et d'admiration. . . Comment se peut-il que tant d'esprit soit logé dans un si beau corps? En vérité mademoiselle, je vous estime et je vous admire à un point. . . Candide balbutia encore quelques mots. Zénoïde s'aperçut de son trouble et le quitta. Elle évita depuis cet instant de se trouver seule avec lui, et Candide chercha à être seul avec elle ou à être tout seul. Il était plongé dans une mélancolie qui avait pour lui des charmes. Il aimait éperdument Zénoïde et voulait se le dissimuler. Ses regards trahissaient le secret de son cœur. Hélas! disait-il, si maître Pangloss était ici, il me donnerait un bon conseil car c'était un grand philosophe.

CHAPITRE QUATORZIÈME

Continuation de l'amour de Candide.

L'unique consolation que goûtait Candide était de parler à la belle Zénoïde en présence de leurs hôtes. — Comment, lui dit-il un jour, le roi que vous approchiez a-t-il pu permettre l'injustice qu'on a faite à votre maison? Vous devez bien le haïr. — Hé! dit Zénoïde, qui peut haïr son roi? Qui peut ne pas aimer celui dans lequel est déposé le glaive étincelant des lois? Les rois sont les vivantes images de la divinité. Nous ne devons jamais condamner leur conduite. L'obéissance et le respect sont le partage des bons sujets. — Je vous admire de plus en plus, répondit Candide. Mademoiselle, connaissez-vous le grand Leibniz, et le grand Pangloss qui a été brûlé après avoir manqué d'être pendu? Connaissez-vous les monades, la matière subtile et les tourbillons? — Non, monsieur, dit Zénoïde, mon père ne m'a jamais parlé de toutes ces choses. Il m'a donné seulement une teinture de la physique expérimentale[115] et m'a enseigné à mépriser toutes les sortes de philosophies qui ne concourent pas directement au bonheur de l'homme, qui lui donnent des fausses notions de ce qu'il se doit à lui-même et de ce qu'il doit aux autres, qui ne lui apprennent point à régler ses mœurs, qui ne lui remplissent l'esprit que de mots barbares et de conjectures téméraires, qui ne lui donnent pas d'idée plus claire de l'auteur des êtres que celle que lui fournissent ses ouvrages et les merveilles qui s'opèrent tous les jours sous ses yeux. — Encore un coup, je vous admire, mademoiselle. Vous m'enchantez. Vous me ravissez. Vous êtes un ange que le ciel m'a envoyé pour m'éclairer sur les sophismes de maître Pangloss. Pauvre animal que j'étais! Après avoir essuyé un nombre prodigieux de coups de pied dans le derrière, de coups de baguette sur les épaules, de coups de nerf de bœuf sous la plante des pieds, après avoir essuyé un tremblement de terre, après avoir assisté à une pendaison du docteur Pangloss, l'avoir vu brûler tout récemment, après avoir été violé avec des douleurs inexprimables, par un vilain Persan, après avoir été volé par arrêt du divan,[116] et rossé par des philosophes, je croyais encore que tout était bien. Ah! je suis bien désabusé. Cependant la nature ne m'a jamais paru plus belle que depuis que je vous vois. Les concerts champêtres des oiseaux frappent mon oreille d'une harmonie que jusqu'à ce jour je ne connaissais pas. Tout s'anime et le vernis du sentiment qui m'enchante semble empreint sur tous les objets. Je ne sens pas cette molle langueur que j'éprouvais dans les jardins que j'avais à Sus. Ce que vous m'inspirez est absolument différent. — Brisons-là, dit Zénoïde. La suite de votre discours pourrait offenser ma délicatesse, et vous devez la respecter. Je me tairai, dit Candide, mais mes feux n'en seront que plus ardents. Il regarda Zénoïde en prononçant ces mots. Il s'aperçut qu'elle rougissait et, en homme expérimenté, il en conçut les plus flatteuses espérances.

La jeune Danoise évita encore quelque temps les poursuites de Candide. Un jour qu'il se promenait à grands pas dans le jardin de ses hôtes, il s'écria dans un transport amoureux. — Que n'ai-je mes moutons du bon pays d'Eldorado! Que ne suis-je en état d'acheter un petit royaume! Ah! si j'étais roi. . . — Que vous serais-je? dit une voix qui perça le cœur de notre philosophe. — C'est vous, belle Zénoïde, dit-il, en tombant à ses genoux. Je me croyais seul. Le peu de paroles que vous avez prononcées semblent m'assurer le bonheur où j'aspire. Je ne serai jamais roi ni peut-être jamais riche, mais si vous m'aimez. . . Ne détournez pas les yeux de moi, ces yeux si pleins de charmes. Que j'y lise un aveu qui seul peut combler mes désirs. Belle Zénoïde, je vous adore; que votre âme s'ouvre à la pitié. . . Que vois-je? vous répandez des larmes. Ah! je suis trop heureux. — Oui, vous êtes heureux, dit Zénoïde, rien ne m'oblige à déguiser ma sensibilité pour un objet que j'en crois digne. Jusqu'à présent vous n'êtes attaché à mon sort que par des liens de l'humanité. Il est temps de resserrer ces liens par des liens plus saints. Je me suis consultée. Réfléchissez mûrement à votre tour, et songez surtout qu'en m'épousant vous contractez l'obligation de me protéger, d'adoucir et de partager les misères que le sort me réserve peut-être encore. — Vous épouser? dit Candide. Ces mots m'éclairent sur l'impudence de ma conduite. Hélas! chère idole de ma vie, je ne mérite pas vos bontés. Mademoiselle Cunégonde n'est pas morte. . . — Qu'est-ce que mademoiselle Cunégonde? — C'est ma femme, répondit Candide avec son ingénuité ordinaire.

Nos amants restèrent quelques instants sans rien dire. Ils voulaient parler et la parole expirait sur leurs lèvres, leurs yeux étaient mouillés de pleurs. Candide tenait dans ses mains celles de Zénoïde. Il les serrait contre son cœur, il les dévorait de baisers. Il eut la hardiesse de perdre les siennes sur les seins de sa maîtresse. Il sentit qu'elle respirait avec peine. Son âme vola sur sa bouche, et sa bouche collée sur celle de

Zénoïde, fit reprendre à la belle Danoise la connaissance qu'elle avait perdue. Candide crut voir son pardon écrit dans ses beaux yeux. — Cher amant, lui dit-elle, mon courroux paierait mal des transports que mon cœur autorise. Arrête cependant. Tu me perdrais dans l'opinion des hommes. Tu serais peu capable de m'aimer, si je devenais l'objet de leur mépris. Arrête, et respecte ma faiblesse. — Comment! s'écria Candide, parce que le vulgaire hébété dit qu'une fille se déshonore en rendant heureux un être qu'elle aime et dont elle est aimée en suivant le doux penchant de la nature, qui, dans les beaux jours du monde. . . Nous ne nous rapporterons pas toute cette conversation intéressante. Nous nous contenterons de dire que l'éloquence de Candide, embellie par les expressions de l'amour, eut tout l'effet qu'il en pouvait attendre sur une philosophe jeune et sensible.

Ces amants, dont les jours coulaient auparavant dans la tristesse et dans l'ennui, s'écoulèrent rapide-ment dans une ivresse continuelle. La sève délicieuse du plaisir circula dans leurs veines. Le silence des forêts, les montagnes couvertes de ronces et entourées de précipices, les plaines glacées, les champs remplis d'horreur dont ils étaient environnés, les persuadèrent de plus en plus du besoin qu'ils avaient de s'aimer. Ils étaient résolus à ne point quitter cette solitude effrayante, mais le destin n'était pas las de les persécuter, ainsi que nous le verrons dans le chapitre suivant.

CHAPITRE QUINZIÈME

Arrivée de Volhall. Voyage à Copenhague.

Candide et Zénoïde s'entretenaient des ouvrages de la divinité, du culte que les hommes doivent lui rendre, des devoirs qui les lient entre eux et, surtout, de la charité, de toutes les vertus la plus utile au monde. Ils ne s'en tenaient pas à des déclamations frivoles. Candide enseignait à de jeunes garçons le respect dû au frein sacré des lois. Zénoïde instruisait des jeunes filles de ce qu'elles devaient à leurs parents. Tous deux se réunissaient pour jeter dans de jeunes cœurs les semences fécondes de la religion. Un jour qu'ils remplissaient ces oiseuses occupations, Suname vint avertir Zénoïde qu'un vieux seigneur accompagné de beaucoup de domestiques venait d'arriver et qu'au portrait qu'il lui avait fait de celle qu'il cherchait, elle n'avait pas pu douter que ce ne fût la belle Zénoïde. Ce seigneur suivait de près Suname, et il entra presque en même temps qu'elle dans l'endroit où étaient Zénoïde et Candide.

Zénoïde s'évanouit à sa vue, mais peu sensible à ce touchant spectacle, Volhall[117] la prit par la main, et la tira avec tant de violence qu'elle revint à elle; et ce ne fut que pour répandre un ruisseau de larmes. — Ma nièce, lui dit-il, avec un sourire amer, je vous trouve en fort bonne compagnie. Je ne m'étonne pas que vous la préfériez au séjour de la capitale, à ma maison, à votre famille. — Oui, monsieur, répondit Zénoïde, je préfère les lieux où habitent la simplicité et la candeur, au séjour de la trahison et de l'imposture. Je ne reverrais qu'avec horreur l'endroit où commencèrent mes infortunes, où j'ai reçu tant de preuves de la noirceur de votre caractère, où je n'ai d'autres parents que vous. — Mademoiselle, répliqua Volhall, vous me suivrez, s'il vous plaît, dussiez-vous vous évanouir encore une fois. En parlant ainsi il l'entraîna, et la fit monter dans une chaise[118] qui l'attendait. Elle n'eut que le temps de dire à Candide de la suivre et elle partit en bénissant ses hôtes et en leur promettant de les récompenser de leurs soins généreux.

Un domestique de Volhall eut pitié de la douleur dans laquelle Candide était plongé. Il crut qu'il ne prenait d'autre intérêt à la jeune Danoise que celui qu'inspire la vertu malheureuse. Il lui proposa de faire le voyage de Copenhague, et lui en facilita les moyens. Il fit plus. Il lui insinua qu'il pourrait être admis au nombre des domestiques de Volhall s'il n'avait pas d'autres ressources que le service pour se tirer d'affaire. Candide agréa ces offres. Aussitôt arrivé, son futur camarade le présenta comme un de ses parents dont il répondait. — Maraud,[119] lui dit Volhall, je veux bien vous accorder l'honneur d'approcher un homme tel que moi. N'oubliez jamais le profond respect que vous devez à mes volontés. Prévenez-les, si vous avez assez d'instinct pour cela. Songez qu'un homme tel que moi s'avilit en parlant à un misérable tel que vous. Notre philosophe répondit très humblement à ce discours impertinent et dès le même jour on le revêtit de la livrée de son maître.

On s'imagine aisément combien Zénoïde fut surprise et joyeuse en reconnaissant son amant parmi les valets de son oncle. Elle fit naître des occasions; Candide sut en profiter. Il se jurèrent une constance à toute épreuve. Zénoïde avait quelques mauvais moments. Elle se reprochait quelquefois son amour pour Candide. Elle l'affligeait par ses caprices, mais Candide l'idolâtrait. Il savait que la perfection n'est pas le partage de l'homme, ni moins encore [de] la femme. Zénoïde reprenait sa belle humeur dans ses bras. L'espèce de contrainte où ils étaient rendait leurs plaisirs plus piquants. Ils étaient encore heureux.

CHAPITRE SEIZIÈME

Comment Candide retrouva sa femme et perdit sa maîtresse.

Notre héros n'avait à essuyer que les hauteurs de son maître, et ce n'était pas acheter trop cher les faveurs de sa maîtresse. L'amour satisfait ne se cache pas aussi aisément qu'on le dit. Nos amants se trahirent eux-mêmes. Leur liaison ne fut plus un mystère qu'aux yeux peu pénétrants de Volhall. Tous les domestiques la savaient. Candide en recevait des félicitations qui le faisaient trembler. Il attendait l'orage prêt à fondre sur sa tête et ne se doutait pas qu'une personne qui lui avait été chère était sur le point d'accélérer son infortune. Il y avait quelques jours qu'il avait aperçu un visage qui ressemblait à mademoiselle Cunégonde. Il retrouva ce même visage dans la cour de Volhall. L'objet qui le portait était très mal vêtu et il n'y avait pas d'apparence qu'une favorite d'un grand mahométan se trouvât dans la cour d'un hôtel à Copenhague. Cependant cet objet désagréable regardait Candide fort attentivement. Cet objet s'approcha tout à coup et, saisissant Candide par les cheveux, lui donna le plus grand soufflet qu'il eût encore reçu. — Je ne me trompe pas! s'écria notre philosophe. Ô ciel, qui l'aurait cru? Que venez-vous faire ici, après vous être laissé violer par un sectateur de Mahomet? Allez perfide épouse, je ne vous connais pas. — Tu me reconnaîtras à mes fureurs, répliqua Cunégonde. Je sais la vie que tu mènes, ton amour pour la nièce de ton maître, ton mépris pour moi. Hélas! il y a trois mois que j'ai quitté le sérail, parce que je n'y étais plus bonne à rien. Un marchand m'a achetée pour recoudre son linge. Il m'emmène avec lui dans un voyage qu'il fait sur ces côtes. Martin, Cacambo[120] et Paquette, qu'il avait aussi achetés, sont du voyage. Le docteur Pangloss, par le plus grand hasard du monde, se trouva dans le même vaisseau en qualité de passager. Nous faisions naufrage à quelques milles d'ici, j'échappe du danger avec le fidèle Cacambo, qui, je te jure, a la peau aussi ferme que toi. Je te revois, et te revois infidèle. Frémis! et crains tout d'une femme irritée.

Candide était tout stupéfait de cette scène touchante. Il venait de laisser aller Cunégonde, sans songer aux ménagements qu'on doit garder à l'égard de quiconque sait notre secret, lorsque Cacambo s'offrit à sa vue. Ils s'embrassèrent tendrement. Candide s'informa de toutes les choses qu'on venait de lui dire. Il s'affligea beaucoup de la perte du grand Pangloss qui, après avoir été pendu et brûlé, s'était noyé misérablement. Ils parlaient avec cette effusion de cœur qu'inspire l'amitié. Un petit billet que Zénoïde jeta par la fenêtre mit fin à leur conversation. Candide l'ouvrit et y trouva ces mots:

« Fuyez, mon cher amant, tout est découvert. Un penchant innocent que la nature autorise, qui ne blesse en rien la société, est un crime aux yeux des hommes crédules et cruels. Volhall sort de ma chambre et m'a traitée avec la dernière inhumanité. Il va obtenir un ordre pour vous faire périr dans un cachot. Fuis, trop cher amant, mets en sûreté des jours que tu ne peux plus passer auprès de moi. Ces temps heureux ne sont plus où notre tendresse réciproque. . . Ah! triste Zénoïde, qu'as-tu fait au ciel, pour mériter un traitement si rigoureux? Je m'égare. Souviens-toi toujours de ta chère Zénoïde. Cher amant, tu vivras éternellement dans mon cœur. . . Non, tu n'as jamais compris combien je t'aimais. . . Puisses-tu recevoir sur mes lèvres brûlantes mon dernier adieu et mon dernier soupir! Je me sens prête à rejoindre mon malheureux père. L'éclat du jour m'est en horreur, il n'éclaire que des forfaits. »

Cacambo, toujours sage et prudent, entraîna Candide qui ne se connaissait plus. Ils sortirent de la ville par le plus court chemin. Candide n'ouvrait pas la bouche, et ils étaient déjà assez loin de Copenhague, qu'il n'était pas encore sorti de l'espèce de léthargie dans laquelle il était enseveli. Enfin, il regarda son fidèle Cacambo, et parla en ces termes.

CHAPITRE DIX-SEPTIÈME

Comme quoi Candide voulut se tuer et n'en fit rien.
Ce qui lui arriva dans un cabaret.

Cher Cacambo, autrefois mon valet, maintenant mon égal et toujours mon ami, tu as partagé quelques-unes de mes infortunes, tu m'as donné des conseils salutaires, tu as vu mon amour pour mademoiselle Cunégonde... — Hélas! mon ancien maître, dit Cacambo, c'est elle qui vous a joué le tour le plus indigne, c'est elle qui, après avoir appris de vos camarades que vous aimiez Zénoïde autant qu'elle vous aimait, a tout révélé au barbare Volhall. — Si cela est ainsi, dit Candide, je n'ai plus qu'à mourir. Notre philosophe tira de sa poche un petit couteau, et se mit à l'aiguiser avec un sang froid digne d'un ancien Romain ou d'un Anglais. — Que prétendez-vous faire, dit Cacambo? — Me couper la gorge, dit Candide. — C'est fort bien penser, répliqua Cacambo, mais le sage ne doit se déterminer qu'après de mûres réflexions. Vous serez toujours à même de vous tuer, si l'envie ne vous en passe pas. Croyez-moi, mon cher maître, remettez la partie à demain. Plus vous différez, plus l'action sera courageuse. — Je goûte tes raisons, dit Candide. D'ailleurs, si je me coupais la gorge tout à l'heure, le gazetier de Trévoux[121] insulterait à ma mémoire. Voilà qui est fini, je ne me tuerai que dans deux ou trois jours. En parlant ainsi ils arrivèrent à Elsneur, ville assez considérable et peu éloignée de Copenhague. Ils y couchèrent, et Cacambo s'applaudit du bon effet que le sommeil avait produit sur Candide. Ils sortirent à la pointe du jour de la ville. Candide toujours philosophe, car les préjugés de l'enfance ne s'effacent jamais, entretenant son ami Cacambo du bien et du mal physique, des discours de la sage Zénoïde, des vérités lumineuses qu'il avait puisées dans son entretien. — Si Pangloss n'était pas mort, disait-il, je combattrais son système d'une façon victorieuse. Dieu me garde de devenir manichéen.[122] Ma maîtresse m'a enseigné à respecter le voile impénétrable dont la divinité enveloppe sa manière d'opérer sur nous.[123] C'est peut-être l'homme qui s'est précipité lui-même dans un abîme d'infortunes où il gémit. D'un frugivore,[124] il a fait un animal carnassier. Les sauvages que nous avons vus ne mangent que les jésuites et ne vivent pas mal entre eux.[125] Les sauvages, s'il en est, répandus un à un dans les bois, ne subsistant que de glands et d'herbes, sont sans doute plus heureux encore. La société a donné naissance aux plus grands crimes.[126] Il y a des hommes dans la société qui sont nécessités par état à souhaiter la mort des hommes. Le naufrage d'un vaisseau, l'incendie d'une maison, la perte d'une bataille, provoquent la tristesse d'une partie de la société, et répandent la joie chez l'autre. Tout est fort mal, mon cher ami Cacambo, et il n'y a d'autre parti à prendre pour le sage, que de se couper la gorge le plus doucement qu'il est possible. — Vous avez raison dit Cacambo, mais j'aperçois un cabaret. Vous devez être fort altéré. Allons mon ancien maître, buvons un coup, et nous continuerons après nos entretiens philosophiques.

Ils entrèrent dans ce cabaret. Une troupe de paysans dansaient au milieu de la cour au son de quelques mauvais instruments. La gaieté respirait sur toutes les physionomies. C'était un spectacle digne du pinceau de Watteau.[127] Dès que Candide parut, une jeune fille le prit par la main et le pria à danser. — Ma belle demoiselle, lui répondit Candide, quand on a perdu sa maîtresse, qu'on a retrouvé sa femme, et qu'on a appris que le grand Pangloss est mort, on n'a point du tout envie de faire des cabrioles. D'ailleurs, je dois me tuer demain au matin et vous sentez qu'un homme qui n'a plus que quelques heures à vivre ne doit pas les perdre à danser. Alors Cacambo s'approcha de Candide et lui parla de la sorte. — La passion de la gloire fut toujours celle des grands philosophes. Caton d'Utique[128] se tua après avoir bien dormi, Socrate avala la ciguë après s'être familièrement entretenu avec ses amis.[129] Plusieurs Anglais se sont brûlé la cervelle au sortir d'un repas,[130] mais aucun grand homme, que je sache, ne s'est coupé la gorge après avoir bien dansé. C'est à vous, mon cher maître, que cette gloire est réservée. Croyez-moi, dansons notre soûl, et nous nous tuerons demain au matin. — N'as-tu pas remarqué, répondit Candide, que cette jeune paysanne est une brune très piquante? — Elle a je ne sais quoi d'intéressant dans la physionomie, dit Cacambo. — Elle m'a serré la main, reprit notre philosophe. — Avez-vous pris garde, fit Cacambo, que dans le désordre de la danse son mouchoir a laissé à découvert deux petits tétons admirables? — Je les ai bien vus, fit Candide. Tiens, si je n'avais pas le cœur rempli de mademoiselle Zénoïde... La petite brune interrompit Candide, et le pria de nouveau. Notre héros se laisse aller et le voilà qui danse de la meilleure grâce du monde. Après avoir dansé et embrassé la jolie paysanne, il se retire à sa place sans prier la reine du bal à danser. Aussitôt on murmura. Tous les acteurs et les spectateurs paraissaient outrés d'un mépris si marqué. Candide ne connaissait pas sa faute, et conséquemment, n'était pas en état de la réparer. Un gros manant s'approche de lui, et lui donne un coup de poing sur le nez. Cacambo rend à ce gros manant un coup de pied dans le ventre. En un instant les instruments sont fracassés, les filles et femmes décoiffées. Candide et Cacambo se battent en héros. Ils sont enfin obligés de prendre la fuite, tout criblés de coups.

Tout est empoisonné pour moi, disait Candide en donnant le bras à son ami Cacambo. J'ai éprouvé bien des malheurs, mais je ne m'attendais pas à être roué de coups pour avoir dansé avec une paysanne qui m'avait prié à danser.

CHAPITRE DIX-HUITIÈME

Candide et Cacambo se retirent dans un hôpital.
Rencontre qu'ils y font.

Cacambo et son ancien maître n'en pouvaient plus. Ils commençaient
à se laisser aller à cette espèce de maladie de l'âme qui éteint toutes les
facultés. Ils tombaient dans l'abattement et dans le désespoir quand ils
aperçurent un hôpital bâti pour les voyageurs. Cacambo proposa d'y
entrer. Candide le suivit. On eut pour eux tous les soins qu'on a d'ordinaire dans ces maisons-là. Il furent traités pour l'amour de Dieu,
c'est tout dire. En peu de temps ils furent guéris de leurs blessures,
mais ils gagnèrent la gale.[131] Il n'y avait pas d'apparence que cette
maladie fût l'affaire d'un jour. Cette idée remplissait de larmes les yeux
de notre philosophe et il disait en se grattant. — Tu n'as pas voulu me
laisser couper la gorge, mon cher Cacambo. Tes mauvais conseils me
replongent dans l'opprobre et l'infortune, et si je veux me couper la
gorge aujourd'hui, on dira dans le *Journal de Trévoux*, c'est un lâche
qui s'est tué parce qu'il avait la gale. Voilà à quoi tu m'exposes par
l'intérêt mal entendu que tu as bien voulu prendre à mon sort. — Nos
maux ne sont pas sans remèdes, répondit Cacambo. Si vous daignez
me croire, nous nous fixerons ici en qualité de frères. J'entends un peu
la chirurgie, et je vous promets d'adoucir et de rendre supportable
notre triste condition. — Ah! dit Candide, périssent tous les ânes
chirurgiens, si dangereux pour l'humanité.[132] Je ne souffrirai jamais
que tu te donnes pour ce que tu n'es pas. C'est une trahison, dont les
conséquences m'épouvantent. D'ailleurs si tu pouvais comprendre
combien il est dur, après avoir été vice-roi d'une belle province, après
s'être vu en état d'acheter de beaux royaumes, après avoir été l'amant
favorisé de mademoiselle Zénoïde, de résoudre à servir en qualité de
frère dans un hôpital. . . — Je comprends cela, reprit Cacambo, mais
je comprends aussi qu'il est bien dur de mourir de faim. Songez encore
que le parti que je vous propose est peut-être l'unique que vous
puissiez prendre pour éviter les recherches du cruel Volhall et vous
soustraire aux châtiments qu'il vous prépare.
   Un frère passa comme ils parlaient ainsi, ils lui firent quelques ques-

tions. Il y répondit d'une manière satisfaisante. Il les assura que les frères étaient bien nourris et jouissaient d'une honnête liberté. Candide se détermina. Il prit avec Cacambo l'habit de frère, qu'on leur accorda sur-le-champ, et nos deux misérables se mirent à servir d'autres misérables.

Un jour que Candide distribuait à la ronde quelques mauvais bouillons, un vieillard fixa son attention. Son visage était livide, ses lèvres étaient couvertes d'écume, ses yeux étaient à demi tournés, l'image de la mort se peignait sur ses joues creuses et décharnées. — Pauvre homme, lui dit Candide, que je vous plains. Vous devez horriblement souffrir. — Je souffre beaucoup, répondit-il d'une voix sépulcrale, on dit que je suis étique, pulmonique, asthmatique et vérolé jusqu'aux os. Si cela est, je suis bien malade. Cependant tout ne va pas mal, et c'est ce qui me console. — Ah! dit Candide, il n'y a que le Docteur Pangloss, qui, dans un état aussi déplorable, puisse soutenir la doctrine de l'optimisme quand tout autre ne prêcherait que le pess... — Ne prononcez pas ce déplorable mot, s'écria le pauvre homme. Je suis ce Pangloss dont vous parlez. Malheureux, laissez-moi mourir en paix. Tout est bien, tout est au mieux. L'effort qu'il fit en prononçant ces mots lui coûta la dernière dent, qu'il cracha avec une prodigieuse quantité de pus.[133] Il expira quelques instants après.

Candide le pleura, car il avait le cœur bon. Son entêtement fut une source de réflexions pour notre philosophe. Il se rappelait souvent toutes ses aventures. Cunégonde était restée à Copenhague. Il apprit qu'elle y exerçait le métier de ravaudeuse, avec toute la distinction possible. La passion des voyages l'abandonna tout à fait. Le fidèle Cacambo le soutenait par ses conseils et par son amitié. Candide ne murmura pas contre la providence. — Je sais que le bonheur n'est pas le partage de l'homme, disait-il quelquefois. Le bonheur ne réside que dans le bon pays d'Eldorado, mais il est impossible d'y aller.

CHAPITRE DIX-NEUVIÈME

Nouvelles rencontres.

Candide n'était pas si malheureux, puisqu'il avait un véritable ami. Il avait trouvé dans un valet métis ce qu'on cherche vainement dans notre Europe. Peut-être que la nature qui fait croître en Amérique des remèdes simples propres aux maladies corporelles de notre continent, y a placé aussi des remèdes pour nos maladies du cœur et de l'esprit. Peut-être y a-t-il des hommes dans le nouveau monde qui sont conformés tout autrement que nous, qui ne sont pas esclaves de l'intérêt personnel, qui sont dignes de brûler du beau feu de l'amitié. Qu'il serait à souhaiter qu'au lieu des ballots d'indigo[134] et de cochenille,[135] tout couverts de sang, on nous amenât quelques-uns de ces hommes! Cette sorte de commerce serait bien avantageuse pour l'humanité. Cacambo valait mieux pour Candide qu'une douzaine de moutons rouges chargés de cailloux d'Eldorado. Notre philosophe recommençait à goûter le plaisir de vivre. C'était une consolation pour lui de veiller à la conservation de l'espèce humaine et de n'être pas un membre inutile de la société. Dieu bénit des intentions aussi pures, en lui rendant, ainsi qu'à Cacambo, les douceurs de la santé. Ils n'avaient plus la gale, et ils remplissaient gaîment les fonctions pénibles de leur état; mais le sort leur ôta bientôt la sécurité dont ils jouissaient. Cunégonde qui avait pris à cœur de tourmenter son époux, quitta Copenhague pour marcher sur ses traces. Le hasard l'amena à l'hôpital. Elle était accompagnée d'un homme que Candide reconnut pour monsieur le baron de Thunder-ten-tronckh.[136] On imagine aisément sa surprise. Le baron qui s'en aperçut lui parla ainsi: — Je n'ai pas ramé longtemps sur les galères ottomanes.[137] Les jésuites apprirent mon infortune, et me rachetèrent pour l'honneur de la société. J'ai fait un voyage en Allemagne où j'ai reçu quelques bienfaits des héritiers de mon père. Je n'ai rien négligé pour retrouver ma sœur, et ayant appris de Constantinople qu'elle était partie sur un vaisseau qui avait fait naufrage sur les côtes du Danemark, je me suis déguisé. J'ai pris des lettres de recommandation pour des négociants danois qui sont en relation avec la société, et enfin, j'ai trouvé ma sœur qui vous aime, tout indigne que vous êtes de son amitié, et, puisque vous avez eu l'impudence de coucher avec elle, je consens à la ratification du mariage ou plutôt, à une nouvelle célébration du mariage. Bien entendu que ma sœur ne vous donnera que la main gauche,[138] ce qui est bien raisonnable, puisqu'elle a soixante et onze quartiers, et que vous n'en avez pas un. — Hélas! dit Candide, tous les quartiers du monde sans la beauté. . . mademoiselle Cunégonde était fort laide, quand j'ai eu l'impudence de l'épouser; elle est redevenue belle, et un autre a joui de ses charmes. Elle est redevenue laide, et vous voulez que je lui redonne ma main. Non, en vérité, mon révérend père, renvoyez-la dans son sérail de Constantinople, elle m'a fait trop de mal dans ce pays-ci. — Laisse-toi toucher, ingrat, dit Cunégonde, en faisant des contorsions épouvantables. N'oblige pas Monsieur le baron, qui est prêtre, à nous tuer tous deux pour laver sa honte dans le sang. Me crois-tu capable d'avoir manqué de bonne volonté à la fidélité que je te devais? Que voulais-tu que je fisse vis-à-vis d'un patron qui me trouvait jolie? Ni mes larmes ni mes cris n'ont pu adoucir sa farouche brutalité. Voyant qu'il n'y avait rien à gagner, je m'arrangeai de façon à être violée le plus commodément qu'il me fut possible, et toute autre femme en eût fait de même. Voilà mon crime, il ne mérite pas ton courroux. Un crime plus grand à tes yeux, c'est celui de t'avoir enlevé ta maîtresse, mais ce crime doit te prouver mon amour. Va mon cher petit cœur, si jamais je redeviens belle, si mes tétons actuellement pendants, reprennent leur rondeur et leur élasticité, si.. . . cela ne sera que pour toi, mon cher Candide. Nous ne sommes plus en Turquie, et je te jure bien de ne jamais me laisser violer.

Ce discours ne fit pas beaucoup d'impression sur Candide. Il demanda quelques heures pour se déterminer sur le parti qu'il avait à prendre. Monsieur le baron lui accorda deux heures, pendant lesquelles il consulta son ami Cacambo. Après avoir pesé les raisons du pour et du contre, ils se déterminèrent à suivre le jésuite et sa sœur en Allemagne. Les voilà qui quittent l'hôpital, et se mettent en marche de compagnie, non pas à pied, mais sur de bons chevaux qu'avait amenés le baron jésuite. Ils arrivent sur les frontières du royaume. Un grand homme d'assez mauvaise mine considère attentivement notre héros. — C'est lui-même, dit-il, en jetant en même temps les yeux sur un petit morceau de papier. Monsieur, sans trop de curiosité, ne vous nommez-vous pas Candide? — Oui, monsieur, c'est ainsi qu'on m'a toujours nommé. — Monsieur, j'en suis flatté pour vous. En effet, vous avez les sourcils noirs, les yeux à fleur de tête, les oreilles d'une grandeur médiocre, le visage rond et haut en couleur. Vous m'avez bien l'air d'avoir cinq pieds cinq pouces. — Oui monsieur, c'est ma taille, mais que vous font mes oreilles et ma taille? — Monsieur, on ne saurait trop user de circonspection dans notre ministère. Permettez-moi de vous faire encore une petite question. N'avez-vous pas servi le seigneur Volhall? — Monsieur, en vérité, répondit Candide tout déconcerté, je ne comprends pas... — Pour moi je comprends à merveille que vous êtes celui dont on m'a envoyé le signalement. Donnez-vous la peine d'entrer dans le corps de garde. Soldats, conduisez monsieur, préparez la chambre basse et faites appeler le serrurier pour faire à monsieur une petite chaîne du poids de trente ou quarante livres. Monsieur Candide, vous avez là un bon cheval; j'avais besoin d'un cheval du même poil, nous nous en accommoderons.

Le baron n'osa pas réclamer le cheval. Cunégonde pleura pendant un quart d'heure. Le jésuite ne montra aucun chagrin de cette catastrophe. — J'aurais été obligé de le tuer ou de vous remarier, dit-il à sa sœur. Tout considéré, ce qui vient d'arriver vaut beaucoup mieux pour l'honneur de notre maison. Cunégonde partit avec son frère, il n'y eut que le fidèle Cacambo, qui ne voulut pas abandonner son ami.

CHAPITRE VINGTIÈME

Suite de l'infortune de Candide.
Comment il retrouva sa maîtresse, et ce qu'il en advint.

Ô Pangloss, disait Candide, c'est grand dommage que vous ayez péri misérablement. Vous n'avez été témoin que d'une partie de mes malheurs, et j'espérais de vous faire abandonner cette opinion inconséquente que vous avez soutenue jusqu'à la mort. Il n'y a point d'hommes sur la terre qui aient essuyé plus de calamités que moi, mais il n'y en a pas un seul qui n'ait maudit son existence, comme nous le disait énergiquement la fille du pape Urbain. Que vais-je devenir, mon cher Cacambo? — Je n'en sais rien, répondit Cacambo. Tout ce que je sais, c'est que je ne vous abandonnerai pas. — Et mademoiselle Cunégonde m'a abandonné, dit Candide. Hélas! Une femme ne vaut pas un ami métis.

Candide et Cacambo parlaient ainsi dans un cachot. On les en tira pour les ramener à Copenhague. C'était là que notre philosophe devait apprendre son sort. Il s'attendait qu'il serait affreux, et nos lecteurs s'y attendent aussi, mais Candide se trompait, et nos lecteurs se trompent aussi. C'était à Copenhague que le bonheur l'attendait. À peine y fut-il arrivé, qu'il apprit la mort de Volhall. Ce barbare ne fut regretté de personne, et tout le monde s'intéressa pour Candide. Ses fers furent brisés et la liberté fut d'autant plus flatteuse pour lui qu'elle lui procura les moyens de retrouver Zénoïde. Il courut chez elle. Ils furent longtemps sans rien dire, mais leur silence en disait assez. Ils pleuraient, ils s'embrassaient, ils voulaient parler et ils pleuraient encore. Cacambo jouissait de ce spectacle si doux pour un être sensible; il partageait la joie de son ami. Il était presque dans un état semblable au sien. — Cher Cacambo, adorable Zénoïde, s'écria Candide, vous effacez de mon cœur la trace profonde de mes maux. L'amour et l'amitié me préparent des jours sereins, des moments délicieux. Par combien d'épreuves ai-je passé pour arriver à ce bonheur inattendu! Tout est oublié, chère Zénoïde, je vous vois, vous m'aimez. Tout va au mieux pour moi, tout est bien dans la nature.

La mort de Volhall avait laissé Zénoïde maîtresse de son sort. La cour lui avait fait une pension sur les biens de son père, qui avaient été confisqués. Elle la partagea avec Candide et Cacambo. Elle les logea dans sa maison, et répandit dans le public qu'elle avait reçu des services essentiels de ces deux étrangers, qui l'obligeaient à leur procurer toutes les douceurs de la vie, et à réparer l'injustice de la fortune à leur égard. Il y en eut qui pénétrèrent le motif de ses bienfaits. Cela était bien facile, puisque la liaison avec Candide avait fait un éclat si fâcheux. Le grand nombre la blâma et sa conduite ne fut approuvée que de quelques citoyens qui savaient penser. Zénoïde, qui faisait un certain cas de l'estime des sots, souffrait de ne pas être dans le cas de la mériter. La mort de mademoiselle Cunégonde, que les correspondants des négociants jésuites répandirent dans Copenhague, procura à Zénoïde les moyens de concilier les esprits. Elle fit faire une généalogie pour Candide. L'auteur qui était habile homme le fit descendre de l'une des plus anciennes familles de l'Europe. Il prétendit même que son vrai nom était *Canut* que porta un des rois de Danemark,[139] ce qui était très vraisemblable: *dide* en *ut* n'est pas une si grande métamorphose.[140] Et Candide, moyennant ce petit changement, devint fort gros seigneur. Il épousa Zénoïde en public, il vécurent aussi tranquillement qu'il est possible de vivre. Cacambo fut leur ami commun, et Candide disait souvent: tout n'est pas aussi bien que dans Eldorado, mais tout ne va pas mal.

FIN

Notes et commentaires
par Édouard Langille & Gillian Pink

- Les citations du *Dictionnaire philosphique* renvoient à l'article nommé dans l'édition de 1994.
- Les citations de l'*Encyclopédie* (1751–1780) renvoient à l'article nommé.
- Les citations de l'*Essai sur les mœurs* renvoient à l'édition de René Pomeau, 1963.

1   **maître Aliboron**: nom du philosophe arabe *Al Biruni*, connu au Moyen Âge sous le nom de *maître Aliboron*. Par glissement de sens le terme désigne un homme ignorant qui se croit propre à tout. Dans le contexte de *Candide II*, il s'agit d'un sobriquet bien connu du critique antiphilosophe Élie Catherine Fréron (Quimper 1718–Paris 1776): « Laissez donc braire maître Aliboron », ce qui rime avec le nom d'Élie Fréron. Dans l'opuscule satirique intitulé *La Relation du voyage de frère Garissise, neveu de frère Garasse, successeur de frère Berthier, et ce qui s'ensuit, en attendant ce qui s'ensuivra* (1759) Voltaire s'en prend à la direction du *Journal de Trévoux* (voir n. 3) en stigmatisant les prétentions de maître Aliboron-Fréron: « Comme l'assemblée était en ces détresses, entra brusquement maître Aliboron, dit Fréron, de l'Académie d'Angers. 'Mes révérends pères, dit-il, je sais quelle est votre peine; j'ai été jésuite, et vous m'avez chassé [. . .] je suis plus ignorant, plus impudent, plus menteur que jamais; faites-moi fermier du *Journal de Trévoux*, et je vous payerai comme je pourrai.' — 'Mon ami', dit Croust (cf. *Candide*, Ch. XV) 'vous avez, il est vrai, de grandes qualités; mais il est dit, dans Cicéron: Ne donnez pas le pain des enfants de la maison aux chiens; et dans un autre endroit, dont je ne me souviens pas, il dit: Je suis venu pour sauver mes loups de la dent de mes brebis. Allez, maître, vous gagnez assez à hurler et à aboyer dans votre trou, tirez. » (*B.*, *Mélanges III*, p. 108). Le même sobriquet revient dans *Les Frérons* (1760). On le retrouve aussi dans la *Dunciade ou la Guerre des sots* (1764), poème satirique de Palissot (1730–1814), inspiré par la *Dunciade* de Pope (1728), et comprenant une

suite d'épigrammes sur les hommes de lettres et les philosophes les plus
renommés de l'époque. Fréron y fait figure de l'âne Aliboron. Le général
des sots, l'encyclopédiste Marmontel (1723–1799), tente de conduire à
la conquête du Parnasse les troupes de la déesse Stupidité, monté sur l'âne
Aliboron. (Voir n. 12 et 84).

2   **Abraham Chaumeix (ou Chaumex)**: critique français (Chanteau,
Orléanais v. 1730–Moscou 1790). Chaumeix attaqua les encyclopédistes
dans *Préjugés légitimes contre l'Encyclopédie* (1758) et *Les Philosophes aux
abois* (1760). Selon P. Hazard « Abraham Chaumeix s'en prenait à
L'Encyclopédie, c'était la croisade de sa vie; plein de verve et d'âpreté, il
en discernait les points faibles; il caractérisait l'esprit qui animait
l'ensemble: 'je ne me suis pas mis en peine de m'informer si M. Diderot
avait fait une description exacte du métier à faire des bas, et des différentes
manières de tailler une chemise; mais je me suis arrêté à considérer quelle
idée *L'Encyclopédie* me donnait de l'homme, de sa nature, de sa fin et de
son bonheur.' » (Hazard, t. I, pp. 101–102). Ses adversaires répondirent
par de mordants pamphlets, dont les plus connus, *Les Préjugés légitimes
contre ceux du sieur Chaumeix, Pour Abraham Chaumeix* (1759) et, de
Voltaire, la satire du *pauvre Diable* (1760) dédicacée à « maître Abraham
Chaumeix » (Legrand, p. 112). Le nom de Chaumeix est aussi mentionné
dans l'écrit évoqué plus haut, *La Relation du voyage de frère Garissise* (voir
n. 1 et 124): « Le R.P. spirituel se leva, et proféra ces paroles: 'il nous faut
de l'argent; affermons le *Journal de Trévoux* à quelque serviteur de Dieu
connu dans Paris.' Un des assistants dit: 'Je propose le célèbre Abraham
Chaumeix'; mais on conclut à la pluralité des voix qu'on ne pouvait se
fier à cet homme, attendu qu'il avait changé trop souvent de professions,
s'étant fait de vinaigrier voiturier, de voiturier colporteur, de colporteur
jésuite, de jésuite maître d'école, de maître d'école convulsionnaire, et
qu'il avait fini par se faire crucifier, le 2 mars 1750, dans la rue Saint-
Denis, vis-à-vis de Saint-Leu, au second étage (voir n. 14); qu'enfin il n'y
avait pas moyen de confier un fardeau aussi important que le *Journal de
Trévoux* à un écrivain de cette trempe. Quelque grand homme qu'il fût
d'ailleurs. » (*B., Mélanges III*, p. 108). Voltaire mentionne le nom de
Chaumeix dans le *Dictionnaire Philosophique* à l'article « Philosophe »:
« Malheureux gens de lettres, est-ce à vous d'être délateurs? Voyez si
jamais chez des Romains il y eut des Garasses (voir n. 3), des Chaumeix,
des Heyet (voir n. 15), qui accusaient les Lucrèces, les Possidonius, les
Vorrons et les Plines. Être hypocrite? quelle bassesse! mais être hypocrite
et méchant, quelle horreur! (p. 445) » À la suite de ces attaques, Chaumeix
se retira à la cour de Catherine II qui l'accueillit avec sympathie (voir
D8926, D9047, D9523). Voir aussi Donato, pp. 108–11.

3 **Journal de Trévoux**: cf. *Candide*, Ch. XVI. Journal des jésuites aussi connu sous le nom de *Mémoires pour servir à l'histoire des sciences et des beaux-arts*, fondé en 1701 à Trévoux dans l'Ain où, en 1695, une imprimerie importante avait été installée. En 1701 les jésuites fondèrent le célèbre périodique les *Mémoires de Trévoux* et, à partir de 1704, ils y éditèrent le *Dictionnaire* dit *de Trévoux*. En 1747 Guillaume-François Berthier (1704–1782) fut chargé de la direction du *Journal*. Il y travailla jusqu'en 1762, si bien qu'il n'est pas un volume de cette époque qui ne contienne plusieurs articles de sa main. Il y publia notamment, en 1755, une critique défavorable des *Lettres Philosophiques* de Voltaire. « On sait, déclare-t-il, que les *Lettres Philosophiques* sont d'un célèbre auteur qui, presque dans tous ses écrits, attaque directement ou obliquement le Christianisme: s'il en loue quelques sectes, ce sont toujours celles qui sympathisent le plus avec le tolérantisme » (*J.deT*. déc. 1755, p. 2939). Pendant ces mêmes années, Berthier attaqua le premier volume de *L'Encyclopédie* et surtout le *Discours préliminaire* de d'Alembert; *Le Journal de Trévoux* est aussi mentionné dans les *Jésuitiques*. « Tout ce qui nous embarrasse sur cette production, c'est de savoir, avec Candide, ce qu'en dira le *Journal de Trévoux*. » (Du Laurens, H.-J., Préface des *Jésuitiques*).

4 **cultiver son jardin**: conclusion célèbre de *Candide*; cf. Ch. XXX.

5 **la Propontide**: ancien nom de la mer de Marmara située en avant du Pont Euxin. Elle baignait les anciennes régions de Bithynie et de Mysie; cf. *Candide*, Ch. XXX. Pomeau note que « Voltaire comparait volontiers le lac Léman au paysage de Constantinople, soit lorsqu'il était à Lausanne [. . .] soit lorsqu'il résidait aux Délices. Ce qui permet de comprendre pourquoi la 'terre promise' de Candide se situera au bord de la Propontide »; *Candide* (Pomeau), p. 252.

6 **Martin. . . honnête homme que depuis peu**: cf. *Candide*, Ch. XXX.

7 **Paquette dont vous connaissez tout le danger**: il s'agit de la syphilis que Paquette a transmise à Pangloss; cf. *Candide*, Ch. IV.

8 **monades**: du grec *monas, monados*, unité. Chez Leibniz, philosophe allemand (Leipzig 1646–Hanovre 1716), substance simple, inétendue, indivisible, active, qui constitue l'élément dernier des choses, et qui est douée de désir, de volonté et de perception. « La monade dont nous parlerons ici n'est autre chose qu'une substance simple, qui entre dans les composés [. . .]. Et ces monades sont les véritables atomes de la nature et, en un mot, les éléments des choses. Il n'y a pas moyen d'expliquer comment une monade puisse être altérée, ou changée dans son intérieur par quelque autre créature [. . .], comme cela se peut dans les composés, où il y a des changements entre les parties » (Foulquié, p. 450). Leibniz en parle dans la *Théodicée*, ou la *Justification de Dieu dans ses œuvres*

(1710). *L'Encyclopédie* consacre un long article à Leibniz et cite une de ses lettres datée du 10 janvier 1715 où il résume sa carrière de philosophe et de mathématicien: « Mais quand je cherchai les dernières raisons du mécanisme et les lois du mouvement, je fus tout surpris de voir qu'il était impossible de les trouver dans les mathématiques et qu'il fallait retourner à la métaphysique. C'est ce qui me ramena aux entéléchies, et du matériel au formel, et me fit enfin comprendre, après plusieurs corrections et avancements de mes notions, que les *monades*, ou substances simples, sont les seules véritables substances, et que les choses matérielles ne sont que des phénomènes, mais bien fondés et bien liés. [. . .] J'ai marqué dans mon livre que si M. Descartes s'était aperçu que la nature ne conserve pas seulement la même force, mais encore la même direction totale dans ses lois du mouvement, il n'aurait pas cru que l'âme peut changer plus aisément la direction que la force des corps, et il serait allé tout droit au système de *l'harmonie préétablie*, qui est une suite nécessaire de la conservation de la force et de la direction tout ensemble » (pp. 478–79). Voir aussi Voltaire, *Éléments de la philosophie de Newton*, Ch. XVIII « De la nature des éléments de la nature, ou des monades », pp. 241–244.

9   **tout couvert de pustules. . .** : cf. *Candide*, Ch. IV.

10   **l'opinion leibnizienne:** (voir n. 8) Terme qui renvoie au système philosophique de Leibniz et à celui de ses disciples dont Christian Wolff (1679–1754), aussi aux célèbres vers d'Alexander Pope (1688–1744): « *All nature is but art, unknown to thee; All chance, direction which thou canst not see; All discord, harmony not understood; All partial evil, universal good: And spite of pride, in erring reason's spite, One truth is clear, Whatever is, is right* » (*Essay on Man* 1733–1734). À l'origine, Leibniz soutenait dans sa *Théodicée* (1710) que le monde actuel est « le meilleur des mondes possibles ». *L'Encyclopédie* parle de cet ouvrage en des termes qu'on peut retenir: « L'idée mère de l'auteur est celle-ci. Dieu embrasse une infinité de mondes qui tous pourraient exister. Mais de cette infinité de mondes possibles le meilleur seul, *optimus* (de là l'optimisme dont Voltaire s'est moqué dans *Candide*) a été préféré; c'est celui où le bien, physique et moral, se trouve le mieux combiné avec ses contraires. Ce monde où le mal est permis, non pas voulu, contient à la fois les misères et les mauvaises actions des hommes, mais dans la moindre proportion toutefois et avec le moins d'inconvénients. » Il s'agit d'un optimisme radical qui prétend que le mal n'est qu'apparence et vue relative ou inadéquate. Système de pensée auquel Voltaire s'attaque à travers le personnage satirique de Pangloss dans *Candide*. Voir Weightman, pp. 336–337.

11   **le bourgeois de Montauban:** c'est le *Moïse de Montauban* des *Car. Sobriquets* pour Jean-Jacques Le Franc, marquis de Pompignan, ennemi

intrépide de Voltaire ainsi que des philosophes. Élu à l'Académie française, les propos anti-philosophes de son discours de réception, prononcé en mars 1760, déclenchent les railleries du parti adverse. Pour venger les philosophes, Voltaire le harcela de facéties et le fit passer par tous les monosyllabes: les *Pour*, les *Que*, les *Quoi*, les *Oui*, les *Non* et les *Car*: « Pour prix d'un discours impudent, Digne des bords de la Garonne, Paris offre cette couronne Au sieur Le Franc de Pompignan (Les *Pour*, 1760) ». Aussi les initiales de Le Franc figurent-elles dans la suite de l'épître dédicatoire de *L'Écossaise* (1760), persécuteur de Jérôme Carré, traducteur fictif de cette comédie: « Messieurs, je m'appelle Jérôme Carré, natif de Montauban; je suis un pauvre jeune homme sans fortune; et comme la volonté me charge d'entrer dans Montauban, à cause que M. L. F. . . . de P. . . . . m'y persécute, je suis venu implorer la protection des Parisiens » (*L'Écossaise*, p. 348). L'allusion à « l'instruction des rois » est inspirée sans doute par le fameux *Mémoire présenté au roi* que Pompignan écrit pour se défendre contre les libelles de Voltaire (mai 1760). C'est un texte que Voltaire tourne en ridicule dans l'*incipit* de *L'Écossaise* (p. 341). Comme Abraham Chaumeix et Fréron, Pompignan est stigmatisé dans la satire du *pauvre Diable*: « Dit Pompignan; votre dur cas me touche: Tenez, prenez mes *Cantiques sacrés*; Sacrés ils sont, car personne n'y touche; Avec le temps un jour vous les vendrez. » Le même ton affleure dans le *Dictionnaire Philosophique* (l'article sur « l'Orgueil ») et dans maints autres écrits du même genre: « mais dans le fond d'une de nos provinces à demi barbares, un homme qui aura acheté une petite charge, et fait imprimer des vers médiocres, s'avise d'être orgueilleux, il y a de quoi rire longtemps » (p. 406). Voltaire inventa les néologismes « pompignade » (D9007, D9052), « pompignaner » (D14906), « pompignaniser » (D9124); (voir aussi D11577, DD10989, D11062, D11182, D11649, D12933, D12553); Du Laurens le stigmatise dans *La Chandelle d'Arras*: « De Ramponeau le roi parlait souvent, Ainsi qu'il fait de l'ami Pompignan. Il sut par lui que j'expliquais les songes Plus joliment que le Mouphti latin » (*CA.*, pp. 84, 85, Chant VIII); voir aussi Braun.

12 **le ver de Quimper-Corentin**: Élie Catherine Fréron (Quimper 1718–Paris 1776), publiciste et critique littéraire français (voir n. 1 et 84). Ancien jésuite, Fréron fonda en 1754 une revue, *l'Année littéraire*. Il y soutint une lutte opiniâtre contre les philosophes. Voltaire appelle *l'Année littéraire* de Fréron (1761) une « feuille d'infâme ». Quant à Du Laurens, il décrit *l'Année littéraire* de la manière suivante: « La haute et puissante maison de *l'âne littéraire* est très ancienne. *Jean Blaise Catherine Fréron* n'est point originaire de Quimper-Corentin comme on l'avait annoncé. Le sublime historiographe de France semble nous dire que cette maison

est sortie de l'Orléanais [. . . .] » (*BL.*, pp. 96–97, Chant IX). Voltaire répliqua aux attaques de Fréron dans la satire du *pauvre Diable* (juin 1760), dans la comédie *L'Écossaise* (1760), où Fréron servait de modèle au personnage odieux de Frélon (ou Wasp) ainsi que dans maintes épigrammes: « L'autre jour, au fond d'un vallon, Un serpent piqua Jean Fréron: Que pensez-vous qu'il arriva? . . . Ce fut le serpent qui creva. » Et partout Voltaire désigne Fréron sous les noms de bestioles répugnantes. Dans *Le pauvre Diable* « le ver Fréron » est un « vermisseau né du cul de Desfontaines »; « Je m'accostai d'un homme à lourde mine, Qui sur sa plume a fondé sa cuisine, Grand écumeur des bourbiers d'Hélicon, De Loyola chassé pour ses fredaines, Vermisseau né du cul de Desfontaines, Digne en tous sens de son extraction, Lâche zoïle, autrefois laid giton: Cet animal se nommait Jean Fréron » (Legrand, p.116). Fréron était cependant un homme d'une vaste culture et d'une verve ironique reconnues par ses ennemis mêmes (D9084); cf. *Candide*, Ch. XXII. Voir *Anecdotes sur Fréron*, édition critique par Jean Balcou. Voir aussi J. Balcou, *Le dossier Fréron.*

13 **critique, critique, critique**: voir *Le pauvre Diable*: « Il (L'abbé Trublet) compilait, compilait, compilait; On le voyait sans cesse écrire, écrire Ce qu'il avait jadis entendu dire [. . .] » (Legrand, p. 119). Dans la *Chandelle d'Arras* de Du Laurens: « . . . Peint à la craie, un gros crâne à l'antique Fixait sur lui les regards du passant; C'était Trublet, qui l'œil sur sa lorgnette, Ne pensant rien, *compilait* maint écrit (*CA.*, p. 100, Chant X); voir n. 16.

14 **que le dénonciateur des philosophes se fasse crucifier dans la rue Saint-Denis**: encore une allusion à Abraham Chaumeix (voir n. 2). Dans *La Relation du voyage de frère Garassise* citée plus haut Voltaire accuse Chaumeix de s'être fait janséniste et convulsionnaire (voir « la canaille convulsionnaire » cf. *Candide*, Ch. XXI). Il prétend aussi que Chaumeix « [s'est fait] crucifier dans la rue Saint-Denis ». Si bien que dans une note du *Russe à Paris* Voltaire étoffe cette allusion en y ajoutant quantité de détails scabreux: « [. . .] s'étant fait convulsionnaire, il devint un homme considérable dans le parti, surtout depuis qu'il se fut fait crucifier avec une couronne d'épines sur la tête, le 2 mars 1749 dans la rue Saint-Denis, vis-à-vis Saint-Leu et Saint-Gilles ». Le *Dictionnaire Philosophique* consacre un article aux « Convulsions » en faisant à nouveau allusion à Chaumeix: « un fameux théologien même a eu aussi l'avantage d'être mis en croix [. . .] » (pp. 641–642), et enfin, le « Mémoire pour servir à la béatification d'Abraham Chaumeix, illustre antiphilosophe par Mr. D. . . » attribué à Diderot mais publié par Du Laurens, dans *Le Portefeuille d'un philosophe* (Cologne, 1770), donne un compte rendu du « cruci-

fiement » de Chaumeix « dans une maison de la rue St-Denis, vis-à-vis de l'Église Saint-Leu » (*PP.*, p. 58): « [. . .] il (Chaumeix) se prosterna devant la croix instrument de son supplice, et fut une demi-heure en méditation, si pénible et si douloureuse que son visage en devint affreux. [. . .] Une grande femme [. . .] lui porta une couronne d'épines armée de toutes parts de pointes très fortes et très aigues etc. » (*PP.*, p. 60).

15 **le cuistre des Récollets**: le Père Hubert Hayer, récollet (1708–1780). Professeur de philosophie et de théologie dans son ordre, Hayer fut l'un des principaux auteurs du périodique *La Religion vengée ou réfutation des auteurs impies* (1757–1763) (D7247). Voltaire le raille en l'associant à Abraham Chaumeix (D8926, D8926, D9523). Il le mentionne, toujours avec Chaumeix, sous le nom de « Heyet » dans le *Dictionnaire Philosophique* (voir n. 2). Hayer figure également dans un pamphlet intitulé « Mémoire pour servir à la béatification d'Abraham Chaumeix, illustre antiphilosophe » de « M. D[iderot] » mais publié dans *Le Portefeuille d'un philosophe* de Du Laurens à Cologne en 1770. « Hayer n'est qu'un simple récollet mais plus savant que tous les moines ensemble: son savoir est si prodigieux qu'on le croit surnaturel; c'est le fruit d'une illumination céleste bien plus que de l'étude: il ressemble trait pour trait pour la taille, la figure, le mouvement convulsif des yeux, des narines et des oreilles au fameux Pierre l'Hermite. Il prit il y a deux ans par modestie le titre de Lieutenant-général de l'armée anti-encyclopédiste » (*PP.*, pp. 31–32). L'œuvre de Hayer comprend, entre autres, des ouvrages militants tels *La Règle de foi vengée des calomnies des protestants et spécialement de celles de M. Boullier, ministre calviniste d'Utrecht* (1761), ou *La Religion vengée, ou Réfutation des auteurs impies . . . par une Société de gens de lettres* (1757–1763).

16 **l'Archidiacre de Saint-Malo***: dans *Candide* le titre facétieux d'« archidiacre » est donné à l'abbé Trublet (1697–1770), antiphilosophe notoire. Trublet naquit à Saint-Malo et devint rédacteur du *Journal chrétien* (voir n. 110). « Et les Mélanges de l'archidiacre T. . . qu'en dites-vous? dit l'abbé » (cf. *Candide*, Ch. XXII). Trublet s'attaqua à la *Henriade* de Voltaire, impertinence qui lui mérita un portrait peu flatteur aux côtés de Chaumeix et Pompignan dans *Le pauvre Diable*: « L'Abbé Trublet avait alors la rage D'être à Paris un petit personnage. Au peu d'esprit que le bonhomme avait, L'esprit d'autrui, par compliment, servait: Il entassait adage sur adage, Il compilait, compilait, compilait. . . On le voyait sans cesse écrire, écrire Ce qu'il avait jadis entendu dire; Il nous lassait sans jamais se lasser. . . » (Legrand, p. 119; voir n. 13). Du Laurens stigmatise le « diacre Trublet » et « Jean Fréron » dans le chant IX de son poème burlesque *Le Balai* (1763): « Là, Jean Fréron & Trublet le diacre, Pour

quinze sols dans le même fiacre, De leur portière annonçant aux passants, L'un son génie, et l'autre ses talents. L'Abbé criait: Je compile à merveille. Fréron disait: J'ai dans plus d'une veille, Avec succès fait d'un style ennuyant, À mon compère un sonnet innocent; Dans mes chiffons j'ai décrié Voltaire. . . . Le fier Chaumeix en rampant terre à terre, Disait: Ma foi, j'ai vaincu Diderot » (*BL.*, pp. 96–97). Enfin, un autre natif de Saint-Malo, Maupertuis (1698–1759) (ennemi auquel Voltaire donne le sobriquet de « Platon de Saint-Malo ») dédia à Trublet un des quatre volumes de ses œuvres. Nul besoin de narrer la querelle Voltaire-Maupertuis datant d'avant l'arrivée en 1753 de Voltaire à la cour de Frédéric II, où Maupertuis était déjà installé en tant que président de l'Académie royale. Voltaire le stigmatisa dans *Micromégas* (1752) et dans la *Diatribe du Docteur Akakia, médecin du pape* (1752). Rappelons que, lors de sa réception à l'Académie française en 1760, Le Franc de Pompignan loua Maupertuis, mort depuis peu, de sa conversion au catholicisme.

17 **le tribunal de Melpomène**: Académie française? L'une des neuf muses, Melpomène est patronne de la tragédie. Par métonymie Voltaire emploie le nom de cette muse pour signifier la tragédie tout simplement: «Je quitte Melpomène et les jeux de théâtre » (*Épître à Madame la marquise du Châtelet*, Legrand, p. 140). Mais l'allusion à « l'accusation de philosophie » audit tribunal vise sans doute Le Franc de Pompignan, dont le discours de réception date du 10 mars 1760 (voir n. 11). Celui-ci s'y attaque, dès l'entrée en matière, aux philosophes ainsi qu'aux encyclopédistes: « Là, dans la classe des Philosophes, se verrait un long étalage d'opinions hasardées, de systèmes ouvertement impies, ou d'illusions [sic] indirectes contre la Religion. » Voir Braun, p. 183.

18 **l'exercice chez les Bulgares**: cf. *Candide*, Ch. II. Voir Du Laurens, *le Compère Mathieu*: « Etant prêt à entrer dans la ville de Wesel, je rencontrai un habillé de bleu, qui me demanda si je ne voulais point servir le roi de Prusse; je lui répondis que sa majesté prussienne pouvait se servir elle-même, et que je ne servais personne. L'habillé de bleu, piqué de ma réponse, tira son épée pour me frapper; mais je la lui arrachai des mains, je lui en donnai cinquante coups sur les épaules, puis je la cassai en deux et la lui jetai au visage. . . » (*CM.*, t. 1, p. 151).

19 **les baguettes**: cf. *Candide*, Ch. II.

20 **le zèle d'une Hollandaise**: cf. *Candide*, Ch. III.

21 **Lisbonne**: cf. *Candide*, Ch. V.

22 **la très sainte Inquisition**: cf. *Candide*, Ch. VI.

23 **los Padres**: cf. *Candide*, Ch. XIV.

24 **les Oreillons**: cf. *Candide*, Ch. XVI.

25 **la matière subtile**: chez Descartes matière qui se trouve autour de la Terre. Par extension, qui se laisse facilement pénétrer. Le « plein et la matière subtile » renvoie donc plutôt à Descartes, mais entretient aussi des rapports avec la philosophie de Leibniz. Newton avait réfuté ces concepts de la physique de Descartes; cf. *Candide*, Ch. XXVIII: « Je suis toujours de mon premier sentiment, répondit Pangloss, car enfin je suis philosophe: il ne me convient pas de me dédire, Leibniz ne pouvant pas avoir tort, et l'harmonie préétablie étant d'ailleurs la plus belle chose du monde, aussi bien que le plein et la matière subtile. »

26 **Candide, quoi qu'il eût tué trois hommes dont deux étaient prêtres**: cf. *Candide*, Ch. XV.

27 **un bâton blanc à la main**: d'après le *Dictionnaire de L'Académie* (1798): « En parlant d'une garnison qui est sortie d'une place sans armes et sans bagage, on dit, qu'elle est sortie *le bâton blanc à la main*. Et l'on dit figurément: sortir d'un emploi, d'une administration, avec *le bâton blanc* ou *le bâton blanc à la main*, pour dire, en sortir ruiné. »

28 **Tauris** (aujourd'hui Tabriz): ville du nord-ouest de l'Iran. Fondée à l'époque sassanide, ce serait la Tauris des anciens. *L'Encyclopédie* consacre un article à la description et à l'histoire de cette ville commerciale dont « le circuit est de 30 milles [. . .]. Elle est remplie de jardins, de mosquées et de grandes places publiques qui sont de vrais champs. Les mosquées sont belles et nombreuses. Les vivres sont à grand marché dans cette ville. Ses habitants y font un commerce continuel avec les Turcs et les Arabes, les Géorgiens, les Mingréliens, les Indiens, les Moscovites et les Tartares. Ses bazars sont couverts et garnis de riches marchandises [. . .]. On compte dans Tauris plus de cent mille âmes. »

29 **Perse**: pays des Perses, terme couramment étendu à l'ensemble de l'ancien Iran dominé par les Perses. Au Siècle des Lumières, la Perse, suivant la vague d'exotisme, devient un *topos* littéraire privilégié. Reflet, au dire d'une certaine critique, d'un Orient de « *sophas* » et de « travestis » érotiques ou satiriques (voir Bonnerot). *L'Encyclopédie* consacre un très long article à la Perse et dit s'être inspirée du chapitre 5 de l'*Essai sur les mœurs* de « M. de Voltaire » qui, bien qu'obsédé par l'histoire des anciens Perses, ne cesse de dénoncer leur « cruauté ». Dans le contexte de *L'Encyclopédie* toujours, le regard des occidentaux sur la Perse demeure assez flatteur pour l'Europe: « la langue persane plus douce et plus harmonieuse que la turque, a été féconde en poésies agréables. Les anciens Grecs qui ont été les premiers précepteurs de l'Europe, sont encore ceux des Persans. Ainsi leur philosophie était au seizième et au dix-septième siècles, à peu près au même état que la nôtre ».

30 **les coups de pieds**: cf. *Candide*, Ch. I.

31   **nez bourgeonné**: symptôme soit de la syphilis, soit de l'intempérance.
     Lieu commun dans les littératures des XVIIIe–XIXe siècles: « C'était un
     grand jeune homme, l'œil très spirituel, mais figure un peu satyre et teint
     de vérolé, le nez et les joues tout couverts de bourgeons », Michelet,
     Mémorial, 1822, p. 204.

32   **la loi de Mahomet**: la religion musulmane défend la consommation de
     l'alcool. *L'Encyclopédie* signale le fait dans l'article sur le « mahométisme »:
     « Il (Mahomet) défendit l'usage du vin parce que l'abus en est dangereux. »
     Dans le conte en vers « Éducation d'un prince » (1763), Voltaire dira d'un
     tyran musulman qu'il « boit le vin des vaincus, malgré son évangile »
     (Legrand, p. 94).

33   **collèges de l'Europe**: allusion à la pédérastie des milieux collégiaux et
     notamment chez les jésuites. De telles allusions sont assez fréquentes chez
     Voltaire qui consacre un article dans le *Dictionnaire Philosophique* à
     « L'Amour nommé socratique » où il parle explicitement des « jeunes
     mâles de notre espèce, élevés ensemble [qui] sent[ent] cette force que la
     nature commence à déployer en eux ». Au sujet des jésuites Voltaire écrit
     dans le même article: « S'il (Sextus Empiricus) vivait de nos jours, et qu'il
     vît deux ou trois jeunes jésuites abuser de quelques écoliers, aurait-il droit
     de dire que ce jeu leur est permis par les constitutions d'Ignace de
     Loyola? » Dans un mémoire intitulé « De l'Éducation dans les collèges »
     publié à Cologne en 1770 dans le *Portefeuille d'un philosophe* de Du
     Laurens, d'Alembert remarque cependant: « *Mœurs et Religion*. Nous
     rendrons sur le premier de ces deux articles (mœurs) la justice qui est due
     aux soins de la plupart des maîtres; mais nous en appelons en même temps
     à leur témoignage, et nous gémirons d'autant plus volontiers avec eux sur
     la corruption dont on ne peut justifier la jeunesse des collèges, que cette
     corruption ne saurait leur être imputée » (*PP.*, t. III, p. 156). Il est plus
     surprenant toutefois de lire les remarques de Racine à ce même sujet.
     Expliquant le succès des petites écoles de Port-Royal des Champs, Racine
     n'hésita pas à affirmer que les jésuites « eurent même peur, pendant
     quelque temps, que le Port-Royal ne leur enlevât l'éducation de la
     jeunesse, c'est-à-dire ne tarît leur crédit dans sa source; car quelques
     personnes de qualité, craignant pour leurs enfants la corruption qui n'est
     que trop ordinaire dans la plupart des collèges, et appréhendant aussi,
     s'ils faisaient étudier ces enfants seuls, qu'ils ne manquassent de cette
     émulation qui est souvent le principal aiguillon pour faire avancer les
     jeunes gens dans l'étude, avaient résolu de les mettre plusieurs ensemble
     sous la conduite de gens choisis » (J. Racine, « Abrégé de l'histoire de Port-
     Royal », *Œuvres Complètes*, t. 2, Pléiade, 1960, p. 66).

34   **lui chatouillant légèrement le menton**: la pédérastie sans nuance du

Persan peut surprendre. Il s'agit cependant d'un lieu commun peu étudié de la littérature orientaliste du XVIIIᵉ siècle. Déjà en 1727 le sérieux Jean de Thévenot note que les Persans sont « vains et fort adonnés au luxe [. . .] oisifs, voluptueux », que leurs peintures sont « infâmes » (voir n. 36), aussi « sont-ils fort abandonnés à l'impureté, de même que les Turcs, et surtout à celle que l'on punit de feu en France ». Voir Bonnerot.

35   **le bel Alexis . . . dans les Géorgiques:** il s'agit ici de deux erreurs de la part de l'auteur de *Candide II*. L'aveu en question est celui de Corydon qui, lui, fait un discours sur son amour pour le bel Alexis dans la deuxième *Églogue* de Virgile et non pas dans les *Géorgiques*: « *Formosum pastor Corydon ardebat Alexim, delicias domini. . . .* » (Le berger Corydon aimait le bel Alexis, le favori de son maître. . .). Peut-être s'agit-il d'une pointe désobligeante lancée à Pompignan qui commença sa traduction des *Géorgiques* en 1738. Voir LeFranc de Pompignan, *Œuvres*, IV.

36   **infamie:** cet emploi du mot *infamie* pour désigner la pédérastie étaye la thèse de R. Peyrefitte: « Les sodomites ou pédérastes étaient flétris du nom d'*infâmes* et leurs goûts d'*antiphysiques* » (Peyrefitte, p. 72; voir aussi le *Dictionnaire Philosophique*, « Amour nommé socratique »: « Il est certain, autant que la science de l'antiquité peut l'être, que l'amour socratique n'était point un amour infâme » (p. 330).

37   **la patrie des Démosthène et des Sophocle:** la Grèce, en tant que pays indépendant, n'existait pas au XVIIIᵉ siècle.

38   **l'alcoran:** le Coran: livre sacré des musulmans, où il est dit que les textes qui le composent sont paroles de Dieu, incréées, transmises par l'archange Gabriel à Mahomet (voir n. 39). Dans un article fort détaillé, *L'Encyclopédie* prétend que « l'opinion commune parmi nous sur l'origine de l'*alcoran*, est que Mahomet le composa avec le secours de Batyras, hérétique jacobite, de Sergius, moine nestorien, et de quelques juifs [. . .]. Mais les musulmans croient comme un article de foi, que leur prophète, qu'ils disent avoir été un homme simple et sans lettres, n'a rien mis du sien dans ce livre, qu'il l'a reçu de Dieu par le ministère de l'ange Gabriel » (voir *Essai sur les mœurs*, Ch. VII « De l'Alcoran et de la loi musulmane »).

39   **ange Gabriel:** « homme de Dieu », selon les traditions juive, chrétienne et musulmane, l'un des archanges, intermédiaire entre Dieu et les hommes. Le conte en vers *Azolan, ou le bénéficier* (1764) de Voltaire commence de la manière suivante: « À son aise dans son village Vivait un jeune musulman, Bien fait de corps, beau de visage, Et son nom était Azolan. Il avait transcrit l'Alcoran, Et par cœur il allait l'apprendre. Il fut, dès l'âge le plus tendre, Dévot à l'ange Gabriel » (Legrand, p. 99). Pour l'islam, Gabriel est l'ange de la révélation, messager divin envoyé auprès de tous les prophètes depuis le temps d'Adam. C'est Gabriel qui inter-

céda en faveur de Mahomet, qui lui fit cette dictée divine qu'est le Coran (voir n. 38) et qui le conduisit lors d'un voyage nocturne de Médine à Jérusalem. L'allusion à la « plume de l'ange Gabriel » est de pure fantaisie. Cette séquence narrative, qui se veut satirique, n'a d'autre objectif que de dénoncer le fanatisme des sectes religieuses. Il s'agit d'une attitude bien connue du parti philosophe. Et c'est ainsi que Voltaire consacre un article au « Fanatisme » dans le *Dictionnaire Philosophique* où il le définit dans les termes suivants: « Celui qui a des extases, des visions, qui prend des songes pour des réalités, et ses imaginations pour des prophéties, est un enthousiaste; celui qui soutient sa folie par le meurtre, est un fanatique. » Le seul remède contre le fanatisme est, pour lui « l'esprit philosophique, qui répandu de proche en proche adoucit enfin les mœurs des hommes ». *L'esprit fort* dont il est question plus loin est conforme à l'image même du « philosophe-martyr » mis à mort par des fanatiques intolérants. Enfin, dans l'édition de 1775 (dite encadrée) de ses œuvres complètes, Voltaire écrit à l'article « Charlatan »: « Mahomet fut vingt fois sur le point d'échouer; mais enfin il réussit avec les Arabes de Médine et on le crut intime ami de l'ange Gabriel. Si quelqu'un venait aujourd'hui annoncer dans Constantinople qu'il est le favori de l'ange Raphaël très supérieur à Gabriel en dignité, et que c'est à lui seul qu'il faut croire, il serait empalé en place publique. » Voir Hadidi et Badir.

40 **les disciples d'Ali:** les chiites (de l'arabe *chi'at 'Ali*, « prendre le parti d'Ali »). Le plus grand schisme de l'islam qui se heurta à la majorité sunnite (voir n. 41) à la fin du VIIe siècle. Au départ, le chiisme était un mouvement politique contestant la succession du prophète. Les chiites considéraient que le calife (vicaire du prophète) ne devait pas assumer le pouvoir temporel comme le préconisaient les sunnites. Les Perses adoptèrent le chiisme afin de réagir contre la domination arabe. De faction politique, le mouvement s'organisa progressivement en secte religieuse. *L'Encyclopédie* fait le point sur le schisme dans ces termes: « La dernière volonté de Mahomet ne fut point exécutée. Il avait nommé Aly son gendre et Fatime sa fille pour les héritiers de son empire: mais l'ambition qui l'emporte sur le fanatisme même, engagea les chefs de son armée à déclarer calife, c'est-à-dire, vicaire du prophète, le vieux Abubéker son beau-père, dans l'espérance qu'ils pourraient bientôt eux-mêmes partager la succession: Aly resta dans l'Arabie, attendant le temps de se signaler [. . .] C'est Aly que les Persans révèrent aujourd'hui, et dont ils suivent les principes en opposition de ceux d'Omar. » O. Bonnerot signale que « nulle part, chez Voltaire, n'apparaît nettement la distinction entre chî'ite et sunnite [. . .]. » (p. 238).

41 **sectateurs d'Omar:** les « sunnites » (de l'arabe *sunni* « qui suit la tradi-

tion »). Musulmans orthodoxes opposés aux chiites (voir n. 40). Les sunnites acceptèrent dès l'origine les quatre premiers califes comme successeurs du prophète.

42 **de l'agent et du patient**: dans le présent contexte, allusion à la sodomie. D'après l'essai qui précède le *Dictionnaire érotique latin-français* de N. Blondeau, (p. xxx) la satire des XVIIᵉ-XVIIIᵉ siècles distingue parmi les homosexuels « les *agents* et les *patients* », termes dérivés par voie de la philosophie, de la *Somme contre les Gentils* de Thomas d'Aquin: « [. . .] tout être agit pour autant qu'il est en acte. C'est pourquoi tout corps agit selon sa forme, en face de celle-ci l'autre corps, le *patient*, joue par sa matière le rôle de sujet dans la mesure où cette matière est en puissance par rapport à l'endroit de la forme de l'agent. Mais si, en retour, la matière du corps de l'agent est en puissance par rapport à la forme du corps du patient, ces deux corps sont réciproquement agents et patients, comme il arrive dans le cas des corps élémentaires » (t. 1, p. 353, Paris, 1885). Le *Dictionnaire érotique moderne* d'Alfred Delvau (Paris, 1887) abonde dans le même sens: « *AGENT*. Celui qui agit: le doigt, le vit ou le fouteur. Ce mot s'emploie aussi pour les sodomites; le nom d'agent appartient à celui qui encule par opposition au mot patient donné à celui qui se fait enculer. » Voir aussi Farmer. On note au moins une occurrence de ces termes chez Voltaire dans « les Anecdotes sur Fréron » au passage où il insinue que le critique ennemi était pédéraste: « Je me souviens d'avoir entendu dire à Fréron au café de Viseux, rue Mazarine, en présence de quatre ou cinq personnes, après un dîner où il avait beaucoup bu, qu'é-tant jésuite, il avait été *l'agent* et le *patient*. » (p. 496) Chose intéressante: le mot de « patient » est appliqué à Candide lui-même au chapitre où il rencontre les Bulgares et leur roi qui: « s'informe du crime du patient ». Imitant Voltaire, Du Laurens emploie le même terme non seulement dans *Candide II* mais dans le *Compère Mathieu:* « Vitulos nous conta [. . .] qu'il avait des liaisons fort étroites avec un nommé M Dominus, qui était l'agent des révérends pères jésuites dans ce pays-là » (*CM.*, t.1, p. 199).

43 **cénobite:** les cénobites étaient des religieux paléochrétiens qui vivaient en communauté. Dans le présent contexte, anachronisme désignant tout simplement *moine*.

44 **Ispahan:** ville importante dans le monde du Moyen Orient au XVIIIᵉ siècle, située au sud de Téhéran, qui sert d'espace littéraire également dans les *Lettres Persanes* (1721) de Montesquieu. L'*Encyclopédie* consacre un long article à Ispahan relevant que « les mémoires représentent Ispahan ayant au moins 7 lieues de tour et possédant dans l'enceinte de ses murailles 162 mosquées, 1802 *caravanerais*, 273 bains, 48 collèges, des ponts superbes, 100 palais plus beaux les uns que les autres, quantité de

rues ornées de canaux, dont les côtés sont couverts de platanes, pour y donner de l'ombre, [. . .] un nombre prodigieux de salles immenses qu'on appelle maisons à caffe; où les uns prenaient cette liqueur devenue à la mode parmi nous sur la fin du XVIIe siècle, les autres jouaient, lisaient ou écoutaient des faiseurs de contes, tandis qu'à un bout de la salle, un ecclésiastique prêchait pour quelque argent [. . .]. »

45 **le sophi:** soufi ou çoufi. Un mystique dans la tradition du *soufisme*, ou le *çoufisme*, un courant mystique de l'islam qui met l'accent sur l'amour de Dieu, sur la religion du cœur, et sur la contemplation. Mais au XVIIIe siècle on prétendait encore (et à tort) que le mot « sophi » était un titre « ou une qualité que l'on donne au roi de Perse [et] qui signifie *prudent, sage* ou *philosophe* ».

46 **cabane de Procope:** premier café littéraire du monde, le Café Procope, fondé en 1686 dans la rue des Fossés-Saint-Germain (auj. rue de l'Ancienne Comédie) a été fréquenté par tous les grands hommes dans le monde des lettres, des arts et de la politique. Au XVIIIe siècle, les Encyclopédistes s'y rencontraient, et Voltaire y avait « sa » table.

47 **saint prophète:** il s'agit de Mahomet, prophète et fondateur de la religion musulmane.

48 **l'imam:** chef de prière dans une mosquée. Ce titre est aussi accordé au successeur de Mahomet et à ceux d'Ali.

49 **nerf de bœuf:** ligament cervical du bœuf, durci par dessiccation et étiré, dont on se servait comme d'une matraque.

50 **les eunuques:** hommes châtrés dont la responsabilité principale était souvent de garder les femmes dans les harems.

51 **les cloches:** on ne sonne pas de cloches dans une mosquée.

52 **M. Petit de la Croix:** Pétis de la Croix. Famille d'orientalistes français s'étendant sur trois générations. François Pétis de la Croix (1622–1695) fut interprète du roi pour les langues turques et arabes. Il composa un *Dictionnaire turc-français et français-turc*. Son fils, aussi nommé François Pétis de la Croix (1653–1713), étudia la langue et la littérature persanes. Pétis de la Croix *fils* fut l'auteur d'un grand nombre d'ouvrages dont *Les Mille et un Jours, contes persans*, publié à Paris en 1710–12. Alexandre-Louis Pétis de la Croix (1698–1751), secrétaire interprète du roi, est l'auteur d'un ouvrage inspiré des *Lettres Persanes* de Montesquieu, intitulé *Lettres critiques de Hadji Mohammed-Effendi, traduites du turc par Ahmed Frengui, renégat flamand* (1735). La note du traducteur fictif de *Candide II* renvoie de toute évidence à Pétis aîné, l'auteur du *Dictionnaire turc-français et français-turc* et que Voltaire mentionne dans les notes de *l'Essai sur les Mœurs* (Ch. 88 « De Tamerlan »).

53 **les politiques:** c'est-à-dire les hommes politiques.

54 **Chusistan:** le Khuzistan, dont le nom grec était la Susiane. *L'Encyclopédie* consacre un article au Chusistan en précisant qu'il s'agit « d'une province d'Asie dans la Perse entre le pays de Fars et celui de Bassora, dont la capitale est Souster ».

55 **Sus (ou Susa, aujourd'hui Suse):** ville très ancienne remontant à l'histoire biblique, capitale de la Susiane actuelle, autrefois la résidence des rois de Perse.

56 **mille:** ancienne mesure de distance avec des valeurs très diverses selon les pays variant d'environ 1500 m en Italie à près de 9 km en Suède.

57 **Médie:** région située au nord-ouest de l'Iran actuel. Selon *L'Encyclopédie*, il s'agit de l'ancien nom d'une province de frontières variables qui connut maints conquérants. Depuis la conquête d'Alexandre, « on distingue deux Médies, la grande et la petite, autrement dite la Médie Atropatène ». La grande Médie fut une province de l'empire perse, qui correspondait, paraît-il, au Tabristan et au Laurestan de l'époque, tandis que la Médie Atropatène comprit la province d'Adirbeitzan, ainsi que la région habitée par les Turcomans.

58 **les ministres de la religion . . . la conspiration:** satire anticléricale qui affleure aussi dans *Candide*: « Quoi vous n'avez point de moines qui enseignent, qui disputent, qui gouvernent, qui cabalent, et qui font brûler les gens qui ne sont pas de leur avis? » (cf. *Candide*, Ch. XVIII).

59 **Pascal, Blaise** (Clermont 1623–Paris 1662): l'auteur fait allusion ici au prétendu pessimisme de Pascal qui a écrit: « L'homme n'est donc que déguisement, que mensonge et hypocrisie, et en soi-même et à l'égard des autres. Il ne veut donc pas qu'on lui dise la vérité. Il évite de la dire aux autres; et toutes ces dispositions, si éloignées de la justice et de la raison, ont une racine naturelle dans son cœur. » Pendant sa longue carrière Voltaire a lutté contre le « pessimisme » de Pascal. Dans ses *Lettres philosophiques* (1738), il affirme: « il me paraît qu'en général l'esprit dans lequel M. Pascal écrivit ces *Pensées* était de montrer l'homme dans un jour odieux. Il s'acharne à nous peindre tous méchants et malheureux. Il écrit contre la nature humaine ce qui n'appartient qu'à certains hommes. Il dit éloquemment des injures au genre humain. J'ose prendre le parti de l'humanité contre ce misanthrope sublime; j'ose assurer que nous ne sommes ni si méchants ni si malheureux qu'il le prétend. » Est-ce la parole d'un Voltaire encore optimiste? Dans *Candide*, Ch. XXI le ton change: « Croyez-vous, dit Candide, que les hommes se soient toujours mutuellement massacrés, comme ils font aujourd'hui? qu'ils aient toujours été menteurs, fourbes, perfides, ingrats, brigands, faibles, volages, lâches, envieux, gourmands, ivrognes, avares, ambitieux, sanguinaires, calomni-

ateurs, fanatiques, hypocrites et sots? »

60   **Missi Dominici:** « les envoyés du maître ». L'empereur Charlemagne envoyait régulièrement des *missi dominici*, en général un laïc et un ecclésiastique, dans les provinces de son empire, dont les tâches furent l'inspection ainsi que la transmission des ordres impériaux.

61   **Il [Candide] se vit déchirer dans des libelles séditieux:** allusion à la cabale des antiphilosophes menée par Chaumeix, Fréron, Pompignan etc.

62   **l'Ami des Hommes, ou Traité de la population:** ouvrage de Victor Riquetti de Mirabeau (ou Mirabau) (1715–1789) publié en 1755 et qui expose certaines des doctrines de l'école physiocratique. L'auteur y traite de la nature humaine en identifiant deux tendances principales qui s'opposent: la sociabilité et la cupidité. De la première naissent les vertus, tandis que de la seconde naissent des vices. Puisque le premier bien social véritable est la population, la thèse principale de cet ouvrage préconise la croissance démographique (voir n. 93). Croissance de la population rurale toutefois car, selon les physiocrates, l'agriculture est à l'origine de la richesse des nations. Voltaire connaissait bien les ouvrages de Mirabeau et possédait *L'Ami des hommes* dans sa bibliothèque à Ferney (Ferney catalogue B2089, BV2466), et l'on sait qu'il le commente défavorablement dans sa correspondance. Dans une lettre à Cideville du 25 novembre 1758 (D7951), par exemple, Mirabeau serait cet « ami des hommes [. . .] qui parle, qui décide, qui tranche, qui aime tant le gouvernement féodal, qui fait tant d'écarts, qui se belouse si souvent, ce pretendu ami du genre humain n'est mon fait, que quand il dit aimer l'agriculture » (voir aussi D7933, D 9464, D110386, D11670). Il est, cela étant, difficile de voir pourquoi l'auteur de *L'Ami des hommes* aurait attaqué les innovations administratives et économiques de Candide telles que décrites dans ce chapitre, si ce n'est à cause de l'appui que son gouvernement donne à « ceux qui ne font que des livres ». Enfin, dans un article daté d'octobre 1758, Le *Journal de Trévoux* loua *l'Ami des hommes* en le comparant favorablement à *l'Esprit des lois* de Montesquieu *(J. de T.*, oct. 1758, p. 2632). Voir Northeast, pp. 81–82.

63   **êtres sans plumes:** cf. *Candide*, Ch. III: « [Jacques] vit la manière cruelle et ignominieuse dont on traitait un de ses frères, un être à deux pieds, sans plumes et qui avait une âme. » Allusion à l'anecdote sur Diogène rapportée par Diogène Laërce: « Platon ayant défini l'homme comme un animal à deux pieds sans plumes, et l'auditoire l'ayant approuvé, Diogène apporta dans son école un coq plumé, et dit: "Voilà l'homme selon Platon". Aussi Platon ajouta-t-il à sa définition: "et qui a des ongles plats et larges". » La même expression, liée à l'idée de l'ingratitude et de la méchanceté des hommes, revient dans la correspondance de Voltaire (1er

janvier 1760 D8687): « Si c'est seulement la philosophie qui vous fait voir les hommes tels qu'ils sont, je vous en fais mon compliment; si malheureusement vous aviez à vous plaindre de quelque injustice de la part de ces animaux à deux pieds sans plume, parmi lesquels il y en a de si ingrats et de si méchants, comptez que je m'y intéresse très vivement, et que je souhaiterais avec passion d'être à portée de vous consoler. »

64 **sérail:** harem. Monde « inconnu », « interdit », *topos* fantasmatique de la littérature orientaliste. *L'Encyclopédie* consacre un long article au « serrail » insistant sur le sort ambigu de ces femmes « prisonnières »: « Les femmes du sultan [. . .] sont enfermées dans ces sortes de prisons[.] On est dispensé d'en rien savoir, puisque ces dames ne tombent pas plus sous les sens d'aucun étranger que si elles étaient des esprits purs [. . .] comme c'est un crime de voir celles qui restent dans le palais, il ne faut point compter sur tout ce qu'on en a écrit; quand même on pourrait trouver le moyen d'y entrer un seul instant, qui est-ce qui voudrait mourir pour un coup d'œil si mal employé? Tout ce qu'on peut penser de mieux, c'est de regarder les sultanes favorites comme les moins malheureuses esclaves qui soient au monde. Mais de combien la liberté est-elle préférable à un si faible bonheur! »

65 **à voix claire:** cf. *Candide*, Ch. X (le castrat italien).

66 **Télémaque:** d'après Homère, fils unique d'Ulysse et de Pénélope qui domine la première partie de l'*Odyssée* intitulée *Télémachie*. Guidé par Athéna, il part à la recherche de son père Ulysse retenu par Calypso. L'allusion est erronée car c'est Ulysse et non son fils Télémaque qui s'était retrouvé entouré des nymphes de la cour de Calypso (*Odyssée* V) À moins que l'allusion ici ne s'inspire du chapitre 1er du *Télémaque* (1699) de Fénelon, ouvrage bien connu de Voltaire et de tous les lettrés du XVIIIe siècle.

67 **Calypso:** fille d'Atlas qui, selon l'*Odyssée*, accueillit Ulysse après son naufrage et le retint dix ans (*Odyssée* V).

68 **Diane:** déesse romaine, dont l'identité se confond avec celle de la déesse grecque Artémis. Diane fut la déesse de la lune, de la campagne et de la forêt, de la chasse, des sources et des ruisseaux, de la chasteté et de l'accouchement. Dans *La Chandelle d'Arras* de Du Laurens: « Rival des dieux, heureux Endimion, Ne vantez plus les faveurs de Diane (*CA.*, p. 173).

69 **Endymion:** dans la mythologie gréco-romaine, beau berger habitant l'Asie mineure, aimé de Diane (voir n. 68). Cette dernière pria Jupiter de lui accorder la vie éternelle pour qu'elle pût embrasser toujours le berger adoré. Jupiter acquiesça et plongea Endymion dans un sommeil éternel. Depuis lors, Diane, sous forme de la lune, rend visite chaque nuit au bel Endymion. En 1755, Fragonard (1732–1806) fit une toile représentant

Diane et Endymion, peut-être connue de l'auteur de *Candide II*.

70 **Vénus d'Italie**: sculpture célèbre représentant la déesse au bain, connue sous le nom de la Vénus du Capitole, musée du Capitole, Rome.

71 **Géorgiennes**: jeunes filles originaires de la Géorgie, région du Caucase alors dominée par les Perses et les Turcs. D'après *L'Encyclopédie*, les Géorgiennes furent particulièrement nombreuses dans les sérails de la Perse. Le terme de « géorgiennes » désigne ces captives. L'attitude de *Candide II* par rapport à cet esclavage se rapproche de celle exprimée par *L'Encyclopédie* qui, dans un article consacré à la « Géorgie », dénonce le commerce des esclaves: « Les seigneurs les pères étant maîtres en Géorgie de la liberté et de la vie de leurs enfants et ceux-là de leurs vassaux; le commerce des esclaves y est très considérable, et il sort chaque année plusieurs milliers de ces malheureux de l'un et de l'autre sexe avant l'âge de puberté, lesquels pour ainsi dire, se partagent entre les Turcs et les Persans qui en remplissent leurs sérails. C'est particulièrement parmi les jeunes filles de cette nation (dont le sang est si beau qu'on n'y voit aucun visage qui soit laid), que les rois et les seigneurs de Perse choisissent ce grand nombre de concubines, dont les orientaux se font honneur. Il y a même des défenses très-expresses d'en trafiquer ailleurs qu'en Perse; les filles *géorgiennes* étant, si l'on peut parler ainsi, regardées comme une marchandise de contrebande qu'il n'est pas permis de faire sortir hors du pays » (p. 640). Voir Bonnerot, p. 302.

72 **ballets des sybarites**: « sybarite » est un terme péjoratif signifiant « efféminé » dérivé de « Sybaris », ancienne ville grecque située au sud de l'Italie et connue surtout pour le luxe et le raffinement de ses habitants. Aussi le terme de sybarite désigne-t-il un homme qui aime le luxe et le plaisir. Jean Philippe Rameau (1683–1764) a composé en 1753 un acte de ballet intitulé *Les Sybarites*. Un tableau de l'opéra-ballet *Les Grâces* (1735) de Mouret (1682–1738) a pour sujet ce même peuple. *L'Encyclopédie* consacre un article aux « Sybarites »: « les hommes sont si efféminés, leur parure est si semblable à celle des femmes; ils composent si bien leur teint; ils se frisent avec tant d'art; ils emploient tant de temps à se corriger à leur miroir qu'il semble qu'il n'y ait qu'un sexe dans toute la ville. »

73 **la mort des Césars et des Pompées**: allusion obscure. Dans une lettre à la duchesse de Saxe-Gotha, sœur de Frédéric II, Voltaire compare la Guerre de sept ans (1756–63) à celle de « César et de Pompée » qui, suivant lui, « coûta beaucoup moins de sang » (D9921 31 juillet 1761). Par ailleurs, *La mort de César* (1735) est une tragédie de Voltaire inspirée de *Jules César* de Shakespeare. *La Mort de Pompée* (1643) est une tragédie de Corneille. Ces deux personnages sont mentionnés dans le passage sur

les grandeurs dans *Candide;* cf. *Candide,* Ch. XXX.

74 **simarre**: longue robe d'une riche étoffe; robe de dessous de certains magistrats. Relig. Soutane d'intérieur.

75 **Cotais**: Kouttaïsi (mod.) ville de Géorgie sur le Rion. Selon *L'Encyclopédie,* « ville d'Asie dans la Géorgie, capitale du pays d'Imiette sur la Phase ».

76 **discipline**: fouet fait de cordelettes ou de petites chaînes utilisées pour se flageller, se mortifier.

77 **sequins**: ancienne monnaie d'or de Venise, qui avait cours en Italie et dans le Levant.

78 **Teflis**: Téflis (aujourd'hui Tbilissi) capitale historique et culturelle de la Géorgie. D'après *L'Encyclopédie:* « Téflis est une des belles villes de Perse, et la résidence du prince de Géorgie. Elle [. . .] est peuplée de Persans, de Géorgiens, de Grecs, d'Arméniens, de Juifs, de Catholiques. »

79 **monstres noirs et blancs**: eunuques.

80 **maux de reins violents, des coliques cuisantes**: résultat de la débauche, lieu commun dans la littérature érotique du XVIII\ siècle.

81 **invenit amariorem morte mulierem**: (*Ecclésiaste* 7: 26) « Il trouva la femme plus amère que la mort. »

82 **monsieur l'abbé Périgourdin:** cf. *Candide,* Ch. XXII: un fourbe.

83 **M. Valsp**: Fréron. Personnage inspiré du personnage *de* « Frélon, écrivain de feuilles » (*Wasp* en anglais) dans *L'Écossaise* (voir n. 1, 12). L'action de cette comédie, comme le récit de l'abbé Périgourdin, se situe à Londres. Voltaire voulait faire passer cette comédie pour un ouvrage de « M. Hume, pasteur de l'église d'Edimbourg [. . .] et parent et ami de ce célèbre philosophe M. Hume ». Ouvrage donc traduit de l'anglais par Jérôme Carré. Par le truchement de son « traducteur », Voltaire explique dans une lettre *À Messieurs les Parisiens* qu'« il est vrai, et je l'ai déjà dit, que j'ai fort adouci les traits dont l'auteur peint son Wasp (ce mot Wasp veut dire Frélon) [. . .] » Puis il renchérit: « M. F. . . ., dans la vue de me nuire, dit dans sa feuille page 114, qu'on l'appelle aussi Frélon, que plusieurs personnes de mérite l'ont souvent nommé ainsi. Mais, Messieurs, qu'est-ce que cela peut avoir de commun avec un personnage anglais dans la pièce de M. Hume? » Dans *L'Écossaise,* Frélon dit de lui-même: « Je ne suis pas de la maison, monsieur; je passe ma vie au café, j'y compose des brochures, des feuilles: je sers les honnêtes gens. Si vous avez quelque ami à qui vous vouliez donner des éloges, ou quelque ennemi dont on doive dire du mal, quelque auteur à protéger ou à décrier, il n'en coûte qu'une pistole par paragraphe. » Voir D8971.

84 **feuille**: brochure, pamphlet; cf. *Candide,* Ch. XXII: « Quel est, dit Candide, ce gros cochon qui me disait tant de mal de la pièce où j'ai tant

pleuré, et des acteurs qui m'ont fait tant de plaisir? C'est un mal vivant, répondit l'abbé, qui gagne sa vie à dire du mal de toutes les pièces et de tous les livres; il hait quiconque réussit, comme les eunuques haïssent les jouissants; c'est un de ces serpents de la littérature, qui se nourrissent de fange et de venin; c'est un folliculaire. Qu'appelez-vous folliculaire? dit Candide. C'est, dit l'abbé, un faiseur de feuilles, un Fréron.» (Voir n. 1 et 12.)

85 **faire égorger quelques milliers d'hommes:** cf. *Candide*, Ch. XIX: « C'est à ce prix que vous mangez du sucre en Europe.»

86 **janissaire:** soldat d'élite de l'infanterie turque appartenant à la garde du sultan. Selon *L'Encyclopédie*: « soldat d'infanterie turque, qui forme un corps formidable en lui-même, et surtout à celui qui le paye ».

87 **cimeterre:** sabre oriental à la lame large et recourbée. *Dans l'Éducation d'un Prince* (1763) de Voltaire on relèvera ce vers: « Un guerrier en turban, plein de force et d'audace, Suivi de musulmans, le cimeterre en main [. . .] » (Legrand, p. 93).

88 **faire florès:** obtenir des succès.

89 **la Mecque:** capitale religieuse de l'islam, située au Sud de Médine. Ville berceau du prophète Mahomet et interdite aux non musulmans. C'est le plus grand centre de pèlerinage de l'islam, la grande mosquée contient la Ka'ba. Voir *Essai sur les mœurs*, Ch. VII « De l'Alcoran, et de la loi musulmane ».

90 **cédrats confits et des pistaches:** cf. *Candide*, Ch. XXX.

91 **la population:** réfutation de la thèse des physiocrates et notamment de celle de *l'Ami des Hommes* de Mirabeau (voir n. 62).

92 **le faubourg de Péra:** aujourd'hui quartier d'Istanbul, autrefois quartier des marchands génois voisin de la ville de Galata.

93 **la Sublime Porte:** Porte ou Porte Ottomane: nom donné autrefois au gouvernement du sultan des Turcs. Par extension la Constantinople ottomane.

94 **se faire esclave ou Turc:** cf. *Candide*, Ch. XXIV: « J'ai été tenté cent fois de mettre le feu au couvent, et d'aller me faire Turc » et Ch. XXX: « . . .et enfin frère Giroflée s'était fait turc ».

95 **une religion pleine d'impostures:** attitude exprimée par les plus éminents arabisants de l'époque. En 1697 d'Herbelot déclare dans la *Bibliothèque orientale*, ouvrage fondamental pour la pensée du XVIIIe siècle, que « ceux qui suivront ce Prophète idiot et ignorant trouveront son nom écrit dans la Loi et dans l'Évangile, c'est-à-dire dans l'Ancien et le Nouveau Testament. [. . .] c'est ici l'imposture la plus grossière dont ce faux Prophète s'est servi, pour persuader aux Juifs et aux Chrétiens la vérité de sa mission » (p. 228).

96 **Arménien**: peuple indo-européen établi près du lac de Van dans le Petit Caucase, région d'Asie occidentale qui s'étend entre l'Anatolie et l'Iran. Dans ses *Voyages* (1711) Chardin prétend que les Arméniens furent protégés par le shah Abbas 1er qui « leur donna premièrement le terrain pour s'établir, et il donna à tous ceux qui en voulaient des fonds en argent, ou en marchandises, pour aller négocier aux Indes et en Europe » (Chardin, p. 236).

97 **Laponie, magiciens lapons**: région d'Europe septentrionale couvrant le nord de la Norvège, de la Suède et de la Finlande. De toute évidence, *Candide II* s'inspire du *Voyage en Laponie* de Regnard (1655–1709) composé vers 1682–1683, mais publié posthumément en 1731 (J-F. Regnard, *Voyage en Laponie*, Paris, Union Générale d'éditions, 1963). L'influence de Regnard est sensible dans les passages où *Candide II* parle du commerce du vent des Lapons: « [. . .] ce qu'ils font le plus facilement, c'est de vendre le vent à ceux qui en ont besoin: et ils ont pour cela un mouchoir qu'ils nouent en trois endroits différents, et ils donnent à celui qui en a besoin. S'il dénoue, il excite un vent doux et supportable; s'il a besoin d'un plus fort, il dénoue le second: et s'il vient à ouvrir le troisième, il excitera pour lors une tempête épouvantable » (Regnard, p. 132). Aussi la description des Lapons de Regnard revient-elle dans *Candide II*: « Ces hommes sont faits tout autrement que les autres. La hauteur des plus grands n'excède pas trois coudées; et je ne vois pas de figure plus propre à faire rire. Ils ont la tête grosse, le visage large et plat, le nez écrasé, les yeux petits, la bouche large [. . .] » (Regnard, p. 98). Et enfin, « l'hospitalité » des maris lapons: « Ce Français [. . .] nous dit qu'un jour, après avoir bu quelques verres d'eau-de-vie avec un Lapon, il fut sollicité par cet homme de coucher avec sa femme, qui était là présente, avec toute sa famille; et que, sur le refus qu'il lui en fit, s'excusant le mieux qu'il pouvait, le Lapon, ne trouvant pas ses excuses valables, prit sa femme et le Français, et les ayant jetés tous deux sur le lit, sortit de la chambre et ferma la porte à clef, conjurant le Français, par tout ce qu'il put alléguer de plus fort, qu'il lui plût faire en sa place comme il faisait lui-même » (Regnard, p. 105). Voltaire devait connaître *Le Voyage en Laponie*. Au chapitre 3 de *l'Essai sur les mœurs*, il parle de ces populations qui « se vêtissent de peaux de bêtes dans les climats froids. » Au chapitre 1er de ce même ouvrage, l'on fait une description de ces « nains lapons » ou « pygmées blancs », description qui cadre assez avec le portrait qu'en fait Regnard mais que l'on retrouve aussi dans *Candide II*: « Leurs yeux ronds, leur nez épaté, leurs lèvres toujours grosses, leurs oreilles différemment figurées, la laine de leur tête, la mesure de leur intelligence, mettent entre eux et les autres espèces d'hommes des différences prodigieuses. »

Le Dictionnaire de Moréri, comme *L'Encyclopédie,* parle des Lapons en insistant sur leur petite taille: « Les Lapons ne sont hauts que de trois coudes dans les parties qui approchent le plus du septentrion; et cette taille leur vient du froid qui y est excessif, et de la qualité de leurs aliments, qui sont très peu nourrissants » (*Moréri,* 1759). Voir D 7811.

98 **Dictionnaire de Moréri:** dictionnaire historique de Moréri (1643–1680). La première édition, intitulée *Grand Dictionnaire historique, ou Mélange curieux de l'Histoire sacrée et profane* parut à Lyon en 1674. C'est une œuvre incomplète, sans doute, mais qui n'en doit pas moins être rangée parmi les publications les plus utiles du XVII^c siècle, car elle a ouvert la voie aux encyclopédies qui parurent depuis et qui s'inspirèrent de son plan. On avait bien déjà l'ouvrage de Juigné, publié en 1644, mais il était loin de présenter un cadre aussi étendu, et, relativement, aussi bien rempli que celui de Moréri. Ce dernier dans son imperfection même, a donc mérité de servir de type aux œuvres de ce genre, et c'est pour combler les lacunes qu'il présente que Bayle (1647–1706) a entrepris son fameux *Dictionnaire historique et critique* (1695–1697). On a reproché à Moréri d'avoir mêlé mal à propos, dans sa nomenclature, la mythologie à l'histoire, reproche qui affleure aussi dans *Candide II. Le Dictionnaire* de Moréri a obtenu les honneurs d'un grand nombre d'éditions, dont la meilleure est celle qui fut publiée à Paris en 1759, 10 t. *in-fol.* C'est la vingtième et dernière.

99 **Descartes, cartésien:** René Descartes (1596–1650). Philosophe et savant français.

100 **Newton, newtonien** (1642–1727): mathématicien, physicien, astronome anglais. En 1738 Voltaire fit paraître *Éléments de la philosophie de Newton,* ouvrage où il reprend pour le public de langue française les thèses newtoniennes. *Les lois de la réfrangibilité, de l'attraction, du mouvement [. . .] la force centrifuge et la force centripète [. . .] que les couleurs dépendent des épaisseurs [. . .] la théorie de la lumière et de la gravitation [. . .] la période de vingt-cinq mille neuf cent vingt années:* Dans son livre *Éléments de la philosophie de Newton,* Voltaire explique les théories de la réfraction (pp. 290–293), de l'attraction (pp. 339–348), du mouvement (pp. 245–252), des forces centrifuge et centripète (pp. 424–433), des couleurs (pp. 276–278) et de la gravitation (pp. 418–423; 448–453). Il faut indiquer, comme le fait Voltaire (p. 427), que la force dite « centrifuge » n'est pas une véritable force, mais plutôt la force de l'inertie, qui donne à l'objet l'apparence de fuir le centre de son orbite au moment où la force centripète disparaît. Voltaire, en revanche, ne semble pas prêter foi aux théories de Newton par rapport à la lumière (pp. 255–280). La période de 25 920 années est la durée nommée « La Grande Année Sidérale », qui

décrit un plein cycle des équinoxes autour de l'écliptique. Voir Sonet.

101 **le docteur Clark**: Samuel Clarke (1675–1729). Philosophe et théologien anglais qui, ayant étudié la philosophie cartésienne à Cambridge, écrivit un *Traité de l'existence et des attributs de Dieu* dirigé contre Hobbes et Spinoza. Clarke adopta aussi la position réaliste de Newton sur l'espace et le temps pour qui le temps et l'espace sont les attributs de Dieu (*Sensus Dei*). *L'Encyclopédie* narre la dispute opposant Clarke et Leibniz: « Il ne nous reste plus qu'à mentionner les discussions de Clarke avec Leibniz. Elles furent provoquées par une lettre de Leibniz adressée à la princesse de Galles, et dans laquelle il combattait la philosophie de Newton. La discussion porta sur deux points principalement, la nature de l'espace et du temps et le libre arbitre. Newton soutenait que l'espace et le temps étaient quelque chose de réel et d'infini, qu'ils étaient non des substances mais des qualités ou propriétés de la substance divine, des suites néces-saires de son existence. [. . .] Leibniz réfuta cette opinion, et chercha à établir que l'espace n'est autre chose que l'ordre ou l'arrangement des corps, l'ordre des coexistences ou des situations; que de même que le temps est l'ordre des successions, c'est-à-dire des choses qui existent successivement. L'espace et le temps sont quelque chose de tout à fait relatif; si l'on suppose l'univers anéanti, Dieu seul existant, l'espace et le temps disparaissent, ils n'existent plus que dans les idées, comme de simples possibilités. » Les ouvrages de Clarke furent traduits en français au XVIIIe siècle de même que ses lettres contre Leibniz. Voltaire connais-sait bien Clarke et avait de lui une opinion des plus favorables (voir Barber, pp. 103–27).

102 **fatal cercueil**: cercueil du malheur, de la mort.

103 **leur physionomie annonçait la noblesse de leur âme; Que votre bras s'arme pour venger la vertu offensée, pour punir le parricide! Frappez! [. . .] ses cheveux se dressaient sur sa tête**: le ton ici parodie le style noble de la tragédie.

104 **Philémon et Baucis**: personnages d'une légende phrygienne relatée par Ovide (*Métamorphoses*). Vieux couple pieux qui, sans le savoir, reçoit la visite de Jupiter et de Mercure. Pour les récompenser de leur hospitalité, ces dieux protègent le vieux couple des ravages d'une inondation qui dévaste la Phrygie. Enfin, à la fin de leurs jours, ils sont métamorphosés en arbres majestueux.

105 **Eldorado**: cf. *Candide*, Ch. XXIV: « et Martin ne cessait de lui prouver qu'il y avait peu de vertu et peu de bonheur sur la terre, excepté peut-être dans Eldorado, où personne ne pouvait aller » (voir aussi *Candide II*, Ch. XVIII).

106 **luthéranisme, luthérien**: doctrine religieuse fondée par Luther

(1483–1546) dont les principes théologiques furent formulés, après la mort de celui-ci, dans le *Livre de Concorde* (1577).

107 **Journal chrétien**: journal de l'abbé Trublet (voir n. 16). Dans l'opuscule « Du mot *quis quis* de Ramus, ou de la Ramée » Voltaire raconte la brève carrière du *Journal chrétien:* « Quelques écrivains avaient un journal chrétien, comme si les autres journaux étaient idolâtres. Ils vendaient leur christianisme vingt sous par mois, ensuite ils le proposèrent à quinze, il tomba à douze, puis disparut à jamais. » Voir D7801.

108 **le méchant Christierne**: Christian II, roi du Danemark (1481–1559) qui s'empara de la Suède. Mais sa cruauté et son absolutisme favorisèrent la révolte. Chassé du trône de Danemark, il tenta de le reprendre et fut emprisonné par son successeur Frédéric 1ᵉʳ. Dans son *Essai sur les Mœurs*, Ch. CXXX, Voltaire appelle Christian II le « Néron du Nord » et le « tyran du Danemark ».

109 **le quinquina**: nom collectif d'un grand nombre d'écorces amères et fébrifuges, fournies par diverses espèces d'arbustes du genre *cinchona*.

110 **déisme**: conception de Dieu indépendante de toute religion, de tout dogme, et de toute Église, fondée chez Voltaire sur un raisonnement philosophique, et chez Rousseau sur l'intuition du cœur. La parabole du derviche (cf. *Candide*, Ch. XXX) abonde dans ce sens: « Maître, nous venons vous prier de nous dire pourquoi un aussi étrange animal que l'homme a été formé? — De quoi te mêles-tu? dit le derviche, est-ce là ton affaire? » C'est aussi le sens de la religion dans l'Eldorado: « Le bon vieillard sourit. Mes amis, dit-il, nous sommes tous prêtres [. . .] » (cf. *Candide*, Ch. XVIII). Dans le *Dictionnaire Philosophique* Voltaire étaye la thèse déiste à l'article intitulé « Religion » (huitième question) où il distingue la « religion de l'État » de la « religion théologique. » D'après lui, celle-ci est « la source de toutes les sottises, et de tous les troubles imaginables; c'est la mère du fanatisme et de la discorde civile, c'est l'ennemie du genre humain. Un bonze prétend que Fo est un dieu, qu'il a été prédit par des fakirs, qu'il est né d'un éléphant blanc, que chaque bonze peut faire un Fo avec des grimaces. Un talapoin dit que Fo était un saint homme, dont les bonzes ont corrompu la doctrine, et que c'est Sammonocodom qui est le vrai dieu. »

111 **derviche**: religieux musulman appartenant à une confrérie (cf. *Candide*, Ch. XVIII).

112 **brahmane**: membre de la caste sacerdotale, la première des castes traditionnelles de l'Inde. Selon *L'Encyclopédie*, « ce sont des prêtres qui révèrent principalement trois choses, le dieu Fo, sa loi et les livres qui contiennent leurs constitutions. Ils assurent que le monde n'est qu'une illusion, un songe, un prestige, et que les corps, pour exister véritablement, doivent

cesser d'être en eux-mêmes, et se confondre avec le néant, qui par sa simplicité fait la perfection de tous les êtres. »

113 **bonze**: prêtre chinois ou japonais de la religion bouddhique. Selon *L'Encyclopédie* « philosophes et ministres de la religion chez les Japonais. Ils ont des universités où ils enseignent les sciences et les mystères de leur secte. » Chez Du Laurens: « Va-t-on encore aux cérémonies des Bonzes dans les terres australes? Nous autres, nous n'avons plus de religion; cela soulage le cœur » (*IM.*, p. 92).

114 **talapoin**: prêtre siamois. D'après *L'Encyclopédie* les talapoins « sont des espèces de moines qui vivent en communauté dans des couvents, où chacun, comme nos chartreux, a une petite habitation séparée des autres. [. . .] Les Siamois croient que la vertu véritable ne réside que dans les talpoins [sic]: ces derniers ne peuvent jamais pécher, mais ils sont faits pour absoudre les péchés des autres. » On lit dans le *Compère Mathieu:* « . . . et par-tout je voyais ces bienheureux solitaires des premiers siècles [. . .] se roulant sur les ronces et les orties, comme les b[r]onzes de la Chine, et jeûnant sans cesse comme les talapoins de Siam » (*CM.*, t. 2, p. 117).

115 **physique expérimentale**: cf. *Candide*, Ch. I.

116 **divan**: mot persan désignant une salle garnie de coussins où se réunissait le conseil du sultan. Ici le mot désigne plutôt le conseil lui-même. *L'Encyclopédie* définit le mot de la manière suivante: « mot arabe qui veut dire estrade, ou *sopha* en langue turque; ordinairement c'est la chambre du conseil ou tribunal où on rend justice dans les pays orientaux, surtout chez les Turcs. »

117 **Volhall**: nom dérivé de la « Walhalla » de la mythologie germanique, séjour des guerriers les plus valeureux. Immense palais où règne Odin; autour de lui les héros combattent tout en s'entraînant en vue du combat final contre les démons.

118 **chaise**: sorte de siège fermé et couvert dans lequel on se faisait porter par deux hommes; voiture à deux ou quatre roues tirées par un ou plusieurs chevaux.

119 **maraud**: coquin, drôle.

120 **Cacambo**: cf. *Candide*, Ch. XIV: « C'était un quart d'Espagnol né d'un métis dans le Tucuman [. . .]. » Le nom de Cacambo dérive sans doute du *Premier mémoire sur les Cacouacs* (1757) de Giry de Vaux (1699–1761), article où les philosophes sont désignés sous le nom de « cacouacs ». Il donna plus d'ampleur à son idée dans un pamphlet intitulé *Catéchisme et décisions de cas de conscience à l'usage des Cacouacs (philosophes) avec un discours du patriarche des Cacouacs pour la réception d'un nouveau disciple* (1758).

121 **le gazetier de Trévoux**: Guillaume-François Berthier (1704–1782) (voir n. 3). Jésuite, rédacteur du *Journal de Trévoux* à partir de 1745 et jusqu'à 1762, année qui vit l'expulsion des jésuites de France, Berthier attaqua d'emblée *L'Encyclopédie* et surtout le « discours préliminaire ». Voltaire a tôt fait de prendre sa revanche en écrivant un opuscule à la manière de Swift intitulé *La Relation de la maladie, de la confession, de la mort et de l'apparition du jésuite Berthier*. Il s'agit d'un bref récit satirique racontant la mort (fictive) de Berthier d'une crise de bâillements lors d'un voyage à Versailles, crise provoquée par la seule présence dans la voiture de quelques exemplaires du *Journal de Trévoux* destinés, à ce qu'on nous dit, à des protecteurs à la cour: « Berthier sentit en chemin quelques nausées; sa tête s'appesantit: il eut de fréquents bâillements. — Je ne sais ce que j'ai, dit-il à Coutu, je n'ai jamais tant bâillé. — Mon révérend père, répondit frère Coutu, ce n'est qu'un rendu. — Comment! que voulez-vous dire avec votre rendu? dit frère Berthier. — C'est, dit frère Coutu, que je bâille aussi, et je ne sais pourquoi, car je n'ai rien lu de la journée, et vous ne m'avez point parlé depuis que je suis en route avec vous. Frère Coutu, en disant ces mots, bâilla plus que jamais. Berthier répliqua par des bâillements qui ne finissaient point. Le cocher se retourna, et les voyant bâiller, se mit à bâiller aussi; le mal gagna tous les passants: on bâilla dans toutes les maisons voisines. Tant la seule présence d'un savant a quelquefois d'influence sur les hommes! » (*B.*, *Mélanges III*, p. 96). Cet écrit fut suivi par un autre récit dans la même veine, *La Relation du voyage de frère Garissise* (voir n. 1, 2, 3 et 14) (D14562); Voir Pappas.

122 **manichéen**: cf. *Candide*, Ch. XX; adeptes d'une religion syncrétique du Persan Manès ou Mani, alliant à un fonds chrétien des éléments pris au bouddhisme et au parsisme, et pour laquelle le Bien et le Mal sont deux principes fondamentaux et antagonistes. Se dit de toute conception dualiste du bien et du mal.

123 **le voile impénétrable dont la divinité enveloppe sa manière d'opérer sur nous**: idée chère à Voltaire exprimée entre autres par le derviche dans *Candide*, Ch. XXX.

124 **frugivore**: qui se nourrit de fruits.

125 **sauvage**: passage dérivé en partie du chapitre 7 de *l'Essai sur les mœurs* « Des Sauvages ».

126 **la société a donné naissance aux plus grands crimes**: influence de Rousseau (1712–1778) et surtout du *Discours sur l'origine et les fondements de l'inégalité parmi les hommes* (1755).

127 **Watteau** (1684–1721): peintre français situant ses personnages dans un décor onirique et champêtre où se développe la thématique du tendre. D'une rare acuité psychologique, les tableaux de Watteau figent le carac-

tère éphémère des réalités dans un cadre raffiné et aristocratique. Dans *L'Art du XVIII* *siècle* des Goncourt, Watteau est appelé « le plus grand poète » de son temps. Ce qui n'empêche pas Voltaire, dans le *Temple du Goût* (1731), d'évoquer l'art de « Vateau » dans des termes plutôt équivoques: « À ses côtés un petit curieux, Lorgnette en main, disait: Tournez les yeux, Voyez ceci, c'est pour votre chapelle; Sur ma parole achetez ce tableau, C'est Dieu le père, en sa gloire éternelle. Peint galamment dans le goût de Vateau » (Legrand, v. 131–136). L'éditeur Kehl (1785) renchérit: « Vateau est un peintre flamand qui a travaillé à Paris, où il est mort il y a quelques années. Il a réussi dans les petites figures qu'il a dessinées et qu'il a très bien groupées; mais il n'a jamais rien fait de grand, il en était incapable. » Quoi qu'il en soit, Du Laurens ne songe nullement à Watteau mais plutôt à Greuze (1725–1805), peintre dont l'art reprend les thèmes de la vie rustique joints à un pathétisme moralisateur en accord avec le drame bourgeois et la comédie larmoyante.

128 **Caton d'Utique** (93–46 av. J.-C.): d'après Plutarque, homme politique romain, arrière-petit-fils de Caton l'ancien. Partisan de la République, il s'opposa à Pompée, puis à César et se suicida après la victoire de ce dernier, non sans avoir dormi de bon sommeil. Il est considéré comme l'un des modèles du stoïcisme romain.

129 **Socrate** (470–399 av. J.-C.): philosophe grec qui formula la fameuse devise « connais-toi toi-même ». Il passa la plus claire partie de son temps à discuter dans les rues, les gymnases et les banquets. Ses attitudes lui attirèrent l'hostilité de la bourgeoisie athénienne et il fut condamné à se donner la mort en buvant la ciguë.

130 **se brûler la cervelle**: se tuer d'une balle dans la tête. Les Anglais avaient la réputation d'être flegmatiques, d'où le courage devant la mort qu'on leur attribue. Voltaire écrivait en 1729: « toutes ces histoires tragiques, dont les gazettes anglaises fourmillent, ont fait penser à l'Europe qu'on se tue plus volontiers en Angleterre qu'ailleurs », R. Pomeau, « En marge des *Lettres philosophiques*: un essai de Voltaire sur le suicide », *Revue des Sciences Humaines*, 1954, p. 286.

131 **la gale**: maladie contagieuse très prurigineuse de la peau, produite par un parasite animal (l'acarus de la gale ou le sarcopte) qui creuse dans la peau des sillons ayant l'aspect de fines lignes grisâtres.

132 **périssent tous les ânes chirurgiens si dangereux pour l'humanité**: lieu commun de la littérature française (cf. *Candide*, Ch. XXII).

133 **la dernière dent, qu'il cracha**: cf. *Candide*, Ch. III.

134 **indigo**: matière tinctoriale bleue, extraite primitivement de l'indigotier, cultivé au XVIIIe siècle dans les colonies américaines.

135 **cochenille**: insecte dont on tirait une teinture rouge écarlate. C'est au

Mexique que les Européens apprirent à fabriquer du carmin à partir de la cochenille, espèce que l'on introduisit ensuite en Europe; cf. *Candide*, Ch. IV. *L'Encyclopédie* dit de la cochenille qu'on « a été longtemps sans savoir précisément si cette matière appartenait au règne végétal, ou au règne animal: on croyait d'abord que c'était une graine de l'espèce de celle qu'on appelle des baies; mais à présent il n'est pas douteux que la cochenille ne soit un insecte desséché. »

136 **monsieur le baron de Thunder-ten-Tronckh**: le frère de Cunégonde, cf. *Candide*, Ch. XIV, XV, XXVIII-XXX.

137 **Je n'ai pas ramé longtemps sur les galères ottomanes**: cf. *Candide*, Ch. XXVIII.

138 **bien entendu que ma sœur ne vous donnera que la main gauche**: cf. *Candide*, Ch. XXX; union libre, concubinage.

139 **Canut**: nom de six rois de Danemark. Il s'agit de Canut II, dit le grand (995–1035), roi de Danemark, d'Angleterre et de Norvège.

140 **dide en ut**: c'est-à-dire, changer la terminaison *dide* de Candide en *ut*.

Dossier critique

par Édouard Langille & Gillian Pink

Qui est l'auteur de *Candide, seconde partie*?

Thèses d'attribution:

1. Horace Walpole (1717–1797) s'y méprend et attribue *Candide II* à Voltaire, 9 juillet 1761:

Have you seen Voltaire's miserable imitation, or second part, or dregs of his *Candide*? Have you seen his delightful ridicule of the *Nouvelle Éloise*, called *Prédiction*? (à Sir Horace Mann, Walpole, no. 758).

2. Melchior von Grimm (1723–1807) attribue *Candide II* à Thorel de Campigneulles (1737–1809), 1er mai 1761:

Un ancien garde du corps, M. de Campigneulles, bel esprit fort obscur vient de donner une *Suite de Candide*, roman de M. de Voltaire; mais cette erreur n'a pu durer longtemps. L'auteur de la copie imite bien son original dans la faculté de transporter ses personnages d'un bout de l'univers à l'autre; mais il manque de chaleur et de verve (Grimm, vol., 4, p. 400).

3. Campigneulles nie être l'auteur de *Candide, seconde partie*: *Le Mercure*, juillet 1761, t. I, pp. 99–101:

Ayant appris Monsieur, que plusieurs personnes tant à Paris qu'en province, m'attribuaient un livre nouveau, intitulé: *Candide, seconde partie*, j'ai cru devoir désavouer cet ouvrage de manière la plus précise, la plus propre à me concilier la bienveillance des gens vertueux que j'honore, et dans l'esprit desquels mon silence aurait pu produire un effet fâcheux. Je les prie instamment d'être bien convaincus que je n'ai jamais rien écrit de contraire à la décence, aux principes de la morale et de la vraie religion; que la suite de *Candide* n'est point de moi; que je désapprouve la licence qui y règne et l'espèce de philosophie qu'on y trouve à chaque page; qu'enfin, de toutes les brochures qu'on a mises sur mon compte, je n'ai véritablement composé que de faibles *Essais sur divers sujets* imprimés avec beaucoup de fautes en 1758, et des Anecdotes sur la fatuité etc. . . J'en reviens à la suite de *Candide*. Quoique quelques gens de lettres l'aient trouvée assez bien écrite pour parier qu'elle était d'un homme très célèbre en Europe, encore un coup, Monsieur, je la désavoue absolument, et je vous prie instamment de rendre cette lettre publique.

Thorel de Campigneulles à Lyon ce 28 mai 1761

4. « Voltaire » répond à Campigneulles dans le *Journal Encyclopédique*, août 1761, p. 144:

On n'a pas lu quatre lignes, qu'on voit très clairement que cette suite n'est pas de la même plume que la première partie. [. . .] Quelques personnes malintentionnées, sans doute, ont fait courir le bruit que cette brochure était de M. de Campigneulles: il la désavoue formellement, mais il dit dans son désaveu que « quelques gens de lettres l'ont trouvée assez bien écrite pour parier qu'elle était d'un homme très illustre en Europe »: ces prétendus gens de lettres sont des imprudents à qui nous conseillons de retirer promptement leur enjeu.

5. Allusions à *Candide II* dans la Correspondance de Voltaire:

• Janin cite (sans pour autant donner la date) une lettre adressée de Voltaire au comte d'Argental, lettre qui ne figure pas dans l'édition moderne de la correspondance de Voltaire:

On parle du tome II de *Candide*. Ne m'accusez pas de ces folies. Il faut bien que ceux qui n'ont rien à dire prennent la plume. Il faut bien que ceux qui n'ont rien à faire fassent des livres. Il y a même des paresseux qui les lisent. Pour moi j'aime mieux vous écrire. N'était-ce donc pas assez d'un volume pour prouver que *tout est bien*? Ce qui n'est pas bien, c'est de m'attribuer ces sottises. Ce qui est mal, c'est de m'attribuer les *Si* et les *Pourquoi*. Ce qui est plus mal, c'est le *Mémoire présenté au roi* etc. etc. . .

• D10247~?1761/1762:

Vous n'avez pas lu le tome II d'un mauvais livre? Si cela va chez vous, ne lui ouvrez pas, car s'il est bon que *Memnon* soit partout, il est bon que le *Candide* ne soit nulle part.

- D10249, le 2 janvier 1762, *Voltaire à Joseph Du Fresne de Francheville* concernant la suite de 1760, n'est pas conservée, mais la réponse qu'y fit Francheville (D10309) est fort claire: (*Joseph Du Fresne de Francheville à Voltaire* le 5 février 1762):

Vous m'ôtez le plus beau fleuron de ma couronne, car enfin c'est par l'amour des lettres seul, par le peu de goût que S. A. R^{le} suppose que j'ai acquis auprès de vous que je pouvais en quelque façon mériter les grâces dont mon maître m'honore, moi et les miens, et si j'ai cru que la seconde partie de *Candide* fût de vous, où en suis-je? ne me voilà-t-il pas déchu de mon petit mérite? C'est sans doute pour me consoler que vous me dites qu'il est presque impossible de se former un goût épuré dans les pays étrangers. Vous n'auriez pas même entrepris de commenter Corneille dites-vous, si la proximité des lieux ne vous mettait à portée d'en conférer avec Mess. de l'Académie française vos confrères, et c'est pour nous que vous faites tout cela, vous savez bien que nous formons notre goût sur le vôtre. Mais peine perdue que tout cela, il viendra un petit individu sur ce globe terraqué qui lira des aventures toutes semblables à celles qu'il a vues dans son caveau, il en inférera que vous les avez écrites. Vous voyez bien qu'avec une semblable critique, il fallait se tromper. Je vous remercie cependant d'avoir bien voulu m'en avertir, une autre fois je serai plus sur mes gardes.

6. Le traducteur allemand (anonyme) de *Candide* estime que *Candide II* est « indigne » de Voltaire:

[. . .] doch aber nicht so schlecht, um ungelesen und unübersetzt zu bleiben. « Vorrede » à Voltaire, *Kandide: oder es ist doch die beste Welt!*, Berlin, 1782, p. xxiv.

7. L'académicien Jules Janin (1804–1874) pense cependant que *Candide II* est de la main de Voltaire:

Cependant on ne parlait plus de *Candide* [. . .] Ce fut alors que parurent à Genève — toujours à Genève — à la porte de Voltaire, différentes copies de cette seconde partie qui est aujourd'hui introuvable et que nous publions comme un document fort curieux. Le tome second de *Candide* est-il de l'auteur du tome premier? Est-ce un moyen de raviver le succès? Nous ne savons.

J. Janin, *Le Dernier volume des œuvres de Voltaire*,
Paris, 1862, p. 114.

8. L'éditeur Moland n'agrée pas la thèse de Janin:

Quoi que l'imitation ne soit pas malhabile, les gens de goût ne se sont jamais laissé tromper à ce pastiche. On l'attribue à Thorel de Campigneulles, mort en 1809 (*M.*, xxxii, p. 477).

9. L'éminent critique Émile Henriot (1889–1961) opine que *Candide II* est de Du Laurens, *Le Temps*, 17 février 1925:

Poursuivant la lecture de notre *Candide* 1766, nous arrivâmes à la fin du conte aux deux tiers du volume: le troisième étant occupé par une seconde partie, également traduite de l'allemand de M. le docteur Ralph. Nous n'avions jamais lu cette seconde partie; en ayant examiné les premières lignes, nous allâmes d'un trait jusqu'au bout. Pour une fois, la suite apocryphe d'un chef-d'œuvre nous a paru presque aussi amusante que le chef-d'œuvre lui-même: cette seconde partie de *Candide*, assurément, n'a pas la force et le pétillement de la première, mais elle est pleine de verve et de gaieté, tout à fait dans la manière de l'auteur des *Contes*. [. . .] On s'est plusieurs fois demandé quel était l'auteur de cette seconde partie. [. . .] Nous n'oserions rien affirmer, car ces attributions sont toujours délicates, et nous n'avons aucune preuve capable d'appuyer notre sentiment; mais en lisant de près cette seconde partie, il nous a semblé qu'elle pourrait bien être de la main de ce fameux Du Laurens, auteur du *Balai*, de *la Chandelle d'Arras*, d'*Imirce, fille de la nature*, et du très amusant *Compère Mathieu*. Moine défroqué retiré en Hollande, où pour vivre, il fournissait à Marc Michel Rey et à d'autres libraires une intarissable copie destinée à jeter le discrédit aussi bien sur les philosophes que sur la religion, ce Du Laurens, qui finit par une détention de trente années dans la prison ecclésiastique de Marienbaum, avait une grande admiration pour Voltaire, auquel il a dédié sa *Chandelle*, et dont il a, dans son *Compère Mathieu*, imité le style et la discussion en plus d'un page nerveuse et bien venue. Voltaire en parle dans ses lettres, et non sans quelque estime, puisqu'il ne craignit point de lui attribuer l'*Ingénu*. « C'est un drôle qui a quelque esprit, un peu d'érudition et qui rencontre quelquefois. . . Ce Du Laurens qui est assez facétieux et qui, d'ailleurs, est fort instruit, est l'auteur du *Compère Mathieu*, ouvrage dans le goût de Rabelais, dont le commencement est assez plaisant. . . » Anatole France aussi le connaissait, sans doute. C'est peut-être dans une des marges de ce livre qu'il a dû jeter la première idée de la Révolte des anges, déjà trouvée par Du Laurens. On reviendra peut-être un jour sur ce sujet.

Bibliographie sélective

Ouvrages de référence:

Bibliothèque de Voltaire: catalogue des livres, Moscou/Leningrad, 1961.

Blondeau, N., *Dictionnaire érotique latin-français*, Paris, Isidore Lisieux, 1885.

Delvau, A., *Dictionnaire érotique moderne*, Paris, 1887 (réimprimé 1960).

Dictionnaire de biographie française, Letouzey et Ané, Paris, 1933.

Dictionnaire de L'Académie, 5ᵉ édition, 1798.

Dictionnaire des lettres françaises, XVIIIᵉ siècle, Paris, 1860.

Dictionnaire universel du XIXᵉ siècle, Larousse, 1866.

Encyclopédie, ou dictionnaire raisonné des sciences, des arts, et des métiers, 1751–1780 (réimprimé Stuttgart-Bad Cannstatt, Friedrich Frommann Verlag, 1967).

Duthilloeul, H. R. J., *Galerie douasienne*, Douai, 1844.

Farmer, J. S., *Vocabulata Amoratoria French-English*, 1896 (réimprimé New York, University Books, 1966).

Foulquié, P., *Dictionnaire de la Langue Philosophique*, Paris, PUF, 1969.

Havers, G., et Torrey N., éd., *Voltaire's catalogue of his library at Ferney*, SVEC, ix (1959).

Herbelot, *Bibliothèque orientale, dictionnaire universel*, Paris, 1697.

Hoeffer, J. C. F., *Nouvelle biographie universelle*, 46 tomes, Paris, Firmin Didot, 1852.

Moréri, *Grand Dictionnaire historique, ou mélange curieux de l'histoire sacrée et profane*, 20ᵉ édition, 1759.

Ouvrages et périodiques des XVIIᵉ, XVIIIᵉ siècles:

Bergeron, R., *Voyages faits principalement en Asie dans les XII, XIII, XIV, et XV siècles*, La Haye, 1735.

Campigneulles, C.-C.-F. de Thorel de, *Nouveaux Essais*, Genève, 1765.

Chardin, Jean Le Chevalier, *Voyages*, Amsterdam, 1711.

Chaumeix, A. *Préjugés légitimes contre l'Encyclopédie*, Bruxelles, 1758.

— *Les Philosophes aux abois*, 1760.

Du Laurens, H.-J., *L'Arétin, ou la débauche de l'esprit en fait de bon sens*, Rome (Amsterdam), 1763.

— *Le Balai, poème héroï-comique en XVIII chants*, Constantinople (Amsterdam), 1761.

— *Le Compère Mathieu, ou les bigarrures de l'esprit humain*, Londres, 1766.

— *Le Compère Mathieu, ou les bigarrures de l'esprit humain*, Paris, André, 2 t., 1801.

— *Histoire de la Chandelle d'Arras*, Berne, 1765.

— *Histoire de la Chandelle d'Arras*, nouvelle édition, précédée d'une notice sur la vie et les ouvrages de l'auteur, Paris, 1807.

— *Histoire de la Chandelle d'Arras*, Bruxelles, Kistemaeckers, 1880–81.

— *Imirce, ou la Fille de la Nature*, Berlin (Hollande), 1765.

— *Imirce, ou la Fille de la Nature*, présenté et annoté par Annie Riviara, Publications de l'Université de Saint-Étienne, 1993.

— *Je suis pucelle, histoire véritable*, La Haye, 1767.

— *Les Jesuitiques*, Rome (Paris), 1761.

— *Les Jesuitiques*, 2ᵉ édition, augmentée des *Honneurs* et de *L'Oraison funèbre du K.P.G Malagrida, prononcée dans la sainte chapelle par le R.P. Thunder den Tronck; jésuite*, Rome (Amsterdam), 1762.

— *L'Observateur de Spectacles*, 1780.

— *Le Portefeuille d'un philosophe, ou mélange de pièces philosophiques, politiques, critiques, satyriques et galantes*, Cologne, 1770.

Fréron, É., éd., Lettres sur quelques écrits de ce temps, 13 t., 1749–54.

— éd., *L'Année littéraire*, 292 t., 1754–90.

Giry de Vaux, *Premier mémoire sur les Cacouacs*, 1757.

— *Catéchisme et décisions de cas de conscience à l'usage des Cacouacs (philosophes) avec un discours du patriarche des Cacouacs pour la réception d'un nouveau disciple*, 1758.

Grimm, baron Fréderic Melchior von, *Correspondance littéraire, philosophique et critique par Grimm, Diderot, Raynal, Meister*, 16 t., Paris, Tourneux, 1877–82.

Hayer, H., *La Règle de foi vengée des calomnies des protestants et spécialement de celles de M. Boullier, ministre calviniste d'Utrecht*, 1761.

— *La Religion vengée, ou Refutation des auteurs impies . . . par une Société de gens de lettres*, 1757–1763.

Journal de Trévoux, éd. Tournemine, Brumoy, Berthier, 265 t., 1701–67.

LeFranc de Pompignan, *Œuvres*, Paris, Chez Noyon Aîné, 1770–1784 (réimprimé Slatkine, 1971).

Mercure de France, éd. Dufesny, Laroque, etc., 977 t., 1724–91.

Mirabeau, Victor Riquetti de, *L'Ami des Hommes, ou Traité de la population*, 1755.

Moreau, J., *Nouveau Mémoire pour servir à l'histoire des Cacouacs*, 1758.

Palissot, *Dunciade ou la Guerre des sots*, 1764.

— Les *Petites Lettres sur de grands philosophes*, 1758.

Regnard, J.-F., *Voyage en Laponie*, 1731.

— *Voyage en Laponie*, Paris, Union Générale d'éditions, 1963.

Thévenot, Jean de, *Relation d'un voyage fait au Levant*, 3 t., 1664–84.

Trublet, abbé N., *La Correspondance de l'abbé Trublet*, éd. J. Jacquet, Paris, Priard, 1926.

Voltaire, *Œuvres complètes de Voltaire*, Kehl, 1784–1789.

— *Œuvres de Voltaire*, Beuchot, 72 t., Paris, 1834.

— *Œuvres complètes de Voltaire*, éd. Moland, 52 t., Paris, 1877–85. particulièrement:

— *La Relation de la mort de Berthier*, xxiv, 95.

— *Les Quand, Qui, Quoi, Pour, Oui, Non*, xxiv, 111.

— *Le pauvre Diable*, x, 119.

— *Le Russe à Paris*, x, 119.

— *Œuvre poétique*, éd. H. Legrand, Paris, Larousse, s.a.

— *Anecdotes sur Fréron*, édition critique par Jean Balcou, *Les Œuvres complètes de Voltaire*, 50.

— *Candide, ou l'optimisme*, éd. Morize, Paris, 1913 (réimprimé Didier, 1957).

— *Candide, ou l'optimisme*, éd. R. Pomeau, Nizet, 1966.

— *Candide, ou L'optimisme*, éd. René Pomeau, *Les Œuvres complètes de Voltaire*, 48, Oxford, 1980.

— *Kandide: oder es ist doch die beste Welt!*, Berlin, 1782.

— *Candide*, translated, edited, and with an introduction by Daniel Gordon, Bedford/St. Martin's, 1999.

— *Correspondence and related documents*, *Les Œuvres complètes de Voltaire*, 85–135, Toronto/Oxford, 1968–77.

— *Dictionnaire philosophique*, sous la direction de Ch. Mervaud, *Les Œuvres complètes de Voltaire*, 35–36, 1994.

— *Éléments de la philosophie de Newton*, éd. R. Walters et W. Barber, *Les Œuvres complètes de Voltaire*, 15.

— *Essai sur les mœurs*, éd. René Pomeau, Paris, Classiques Garnier, 1963.

— *L'Écossaise*, éd. Colin Duckworth, *Les Œuvres complètes de Voltaire*, 50.

— *L'Ingénu*, édition critique par W. R. Jones, Genève, Droz, 1957.

Walpole, H., *The Letters of Horace Walpole*, éd. P. Toynbee, Oxford, 1903–1925.

Études:

Bachelard, G., *La Terre et les rêveries du repos*, Paris, José Corti, 1948.

Badir, G., *Voltaire et l'islam*, SVEC, 125 (1974).

Balcou, J., *Le dossier Fréron*, 2 t., Genève-St-Brieuc, 1975.

— Fréron contre les philosophes, Genève, 1975.

Barber, W. H., « Voltaire and Samuel Clarke », *SVEC*, 179 (1979), pp. 103–27.

Baudoin, C., *Psychanalyse de Victor Hugo*, Genève, Éditions du Mont-Blanc, 1943 (réédité chez Armand Colin en 1972 dans la collection U2).

Bengesco, G., *Voltaire: Bibliographie de ses œuvres*, 4 t., Paris, Rouveyre et Blond, 1882–90.

Besterman, T., « Some eighteenth-century Voltaire editions unknown to Bengesco », *SVEC*, 109 (1959).

Bonnerot, O., *La Perse dans la Littérature et la pensée françaises au XVIIIe siècle*, Paris-Genève, Champion-Slatkine, 1988.

Braun, T. E. D., *Un ennemi de Voltaire, Le Franc de Pompignan*, Paris, Lettres Modernes Minard, 1972.

Cornou, F., *Trente années de luttes contre Voltaire et les philosophes: É. Fréron*, Paris, 1922.

Donato, C., « Réfutation ou réconciliation » dans *Les Ennemis de Diderot*, actes du colloque organisé par la Société Diderot, 25–26 octobre 1991, Paris, Klincksieck, 1993, pp. 108–11.

Eby, C., « The English Reception of *Candide*: 1759–1815 », *Dissertation Abstracts International*, Ann Arbor, MI, 32: 3947A, 1972.

Emelina, J., « *Candide* à la scène », *Revue d'Histoire Littéraire de la France*, 81 (1981), pp. 11–23.

Evans, B. H., « A Provisional Bibliography of English Editions and Translations of Voltaire », *SVEC*, 8 (1959), pp. 51–53.

Goncourt, E. et J., *Portraits intimes du XVIIIe siècle*, Paris, 1857.

Hadidi, D., *Voltaire et l'islam*, Paris, Publications orientalistes de France, 1974.

Hazard, P., *La Pensée européenne au XVIIIe siècle*, 2 t., Paris, Boivin, 1946.

Henriot, É., « La seconde partie de Candide », *Le Temps*, 17 février 1925, p. 3.

— *Livres et portraits*, 3ᵉ série, Paris, 1927.

Janin, J., *Le dernier volume des œuvres de Voltaire*, Paris, 1862.

Krebs, R., « La réception de *Candide* dans les périodiques allemands », *Les Lettres Françaises dans les revues allemandes du XVIIIᵉ siècle – Die französische Literatur in den deutschen Zeitschriften des 18. Jahrhunderts*, éd. Pierre-André Bois, Francfort, 1997, pp. 259–272.

— « 'Schmähschrift wider die weiseste Vorsehung' oder 'Lieblingsbuch aller Leute von Verstand'? Zur Rezeption des *Candide* in Deutschland », *Pardon mon cher Voltaire . . .: drei Essays zu Voltaire in Deutschland*, éd. Ernst Hinrichs, Roland Krebbs, Ute van Runset, Göttingen, 1996, pp. 87–126 (Kleine Schriften zur Aufklärung, 5).

Langille, E. M., « Allusions to homosexuality in Voltaire's *Candide*: a reassessment », *SVEC*, 2000: 05, pp. 53–63.

Langille, E.; Brooks, G. P., « How English Translators Have Dealt with *Candide*'s Homosexual Allusions », *LR/RL*, vol. 18, 36, 2001, pp. 367–387.

Mornet, D., « Les Imitations du *Candide* » dans *Mélanges offerts à Gustave Lanson*, Paris, 1922, pp. 298–303.

Nablow, R. A., « A Study of Voltaire's lighter verse », *SVEC*, 126 (1974).

Naves, R., *Voltaire et l'Encyclopédie*, Paris, 1938.

Northeast, C., *The Parisian Jesuits and the Enlightenment 1700–1762*, *SVEC*, 1991.

Pappas, J. N., « Berthier's Journal de Trévoux and the Philosophes », *SVEC*, 3 (1957).

Peyrefitte, R., *Voltaire, sa jeunesse et son temps*, Paris, Albin Michel, 1985.

Pomeau, R., « En marge des *Lettres philosophiques*: un essai de Voltaire sur le suicide », *Revue des Sciences Humaines*, 1954, pp. 285–294.

Rustin, J., « Les 'suites' de *Candide* au XVIIIᵉ siècle », *SVEC*, 90 (1972), pp. 1395–1416.

Sareil, J., « Sur la généalogie de la vérole », *TLTL*, 26: 1 (1986), p. 5.

Sonet, É., *Voltaire et l'influence anglaise*, Rennes, 1926 (réimprimé Genève, Slatkine, 1970).

Temmer, Mark J., « *Candide* and *Rasselas* Revisited », *Revue de Littérature Comparée*, 56 (2) (1982), pp. 176–193.

Thacker, Christopher, « Son of Candide », *SVEC*, 58 (1967), pp. 1515–1531.

Vercruysse, Jeroom, « Les enfants de Candide » dans *Essays on the Age of Enlightenment in Honor of Ira O. Wade*, éd. Jean Macary, Alfred Foulet, Ronald C. Rosbottom, Genève, Droz, 1977, pp. 369–376.

— « Voltaire et Marc Michel Rey », *SVEC*, 54 (1967), pp. 1707–1763.

Weightman, J., « The Quality of Candide » dans *Essays Presented to C. M. Girdlestone*, Durham University Press, 1960, pp. 336–337.

EXETER TEXTES LITTÉRAIRES

La nouvelle collection *Exeter Textes Littéraires* est dirigée
par David Cowling, maître de conférences dans le
Département de français, Université d'Exeter.

1 Marie Krysinska, *Rythmes pittoresques*
éd Seth Whidden

La liste des 113 volumes de la première série (*Textes
littéraires*), publiés entre 1970 et 2001, est accessible sur
le site Web du Département de français de l'Université
d'Exeter (www.exeter.ac.uk/french/) en suivant le lien
'Textes littéraires'.